集英社オレンジ文庫

掌侍・大江荇子の宮中事件簿　参

小田菜摘

本書は書き下ろしです。

CONTENTS

イラスト／ペキォ

掌侍・大江荇子の宮中事件簿
ないしのじょう おおえこうこの きゅうちゅうじけんぼ
参

1章
魂呼（たまよばひ）

葉月に入り、朝晩の風に涼しさを感じるようになったある日。

麗景殿にかんして、内侍所にも聞き流せない報せが入ってきた。

「小大輔命婦が戻ってくる？」

半ば疑うように、荇子はその名前を口にする。

話を持ってきた弁内侍、並びに一緒にいた権掌侍も大きくうなずく。彼女達にとっても小大輔は、かつての同僚である。

「え、だって信濃守はまだ任期中じゃない」

「離婚したに決まっているでしょ。あんなことがあったのだから」

弁内侍に半ば叱りつけるように言われて、荇子ははっとする。そうだった。噂で聞いた小大輔の身に起きたことが本当なら、そうなるだろう。

宮中内侍司所属の掌侍・大江荇子。呼び名は江内侍。

宮仕え八年目を迎える二十一歳の中臈がまとう唐衣は朝顔のかさね。表裏に同じ縹色を使うことで、より深みのある色合いが表現できる秋の装いだ。中臈以下の女房は唐衣に綾織を着することが許されぬので、平織の色味を工夫して装いを凝らす。平織は、経糸と緯糸を一本ずつ交差させたもっとも単純な構成の織物で、綾織は三本以上を交差させる。そのぶん平織より緻密で風合いに富む生地となる。

荇子が納得したのを見て、今度は権掌侍が話しはじめる。

「それで帰京してきたところに、麗景殿から声がかかったそうよ。ほら、あそこは弘徽殿に比べていまひとつぱっとしないから、小大輔が入ってくれれば少し華やぐでしょう。大納言としても、弘徽殿女御にみすみすと后位をさらわれるわけにもいかないでしょうし」

さらりと失礼、かつ過激なことを言う。

今上の中宮が后位を返上したのは、先月。七夕の少し前のことだった。

こうなると次の中宮が誰かという話になってくる。

候補となる今上の妃は、弘徽殿と麗景殿の二人の女御。二十歳の弘徽殿は、一の人である左大臣の娘。二十二歳の麗景殿は一の大納言の娘で、祖父である右大臣の養女として入内している。

身分的にはほぼ互角の二人だが、ときめきや華やぎでは圧倒的に弘徽殿に軍配があがっている。八重咲きの桃花のような愛らしい美貌と朗らかな性質の弘徽殿女御に比して、麗景殿女御は容姿は地味なうえに寡黙で、花に喩えられるような女人ではなかった。

そのうえ女房達も年配者が多いので、麗景殿の殿舎そのものが華やぎに欠ける。そのぶん落ちついてはいて、もはや日常的となりつつあった藤壺（先の中宮の殿舎）と弘徽殿の諍いからも一歩引いた位置で傍観していた。

そのような利点もありはするが、通常入内する姫に実家が準備する女房というのは、花を添えるための選りすぐりの才色兼備であることが多い。その常識を考えればなぜこんな人事になったものかと首を傾げてしまう。

中宮、弘徽殿が入内したあとで適した人材がなかったというのが本当だろうが、一説ではあまり華やかな女房をつけては、見栄えのしない麗景殿女御がますます見劣りしてしまうからではと、意地悪い噂も囁かれてもいた。

「でも小大輔が入ってくれるのなら、麗景殿とも少しは話しやすくなるわね」

弁内侍の言葉に、荇子と権掌侍は首肯する。年配者ゆえに落ちついているという利点はあるが、麗景殿の女房達は若い荇子達にはいまいち親しみにくい。軽々しくて感情的な弘徽殿の女房達のほうが、世代が近いぶんまだ話しやすいというのが正直なところだった。

そんな麗景殿に同世代で知己でもある小大輔が入ってくれるのは、内裏女房として心強いはずなのだが――。

「ただ、最初はどんな顔をして会ったらいいものか」

打って変わって表情を暗くする弁内侍に、荇子も同意する。

伝え聞いた話が本当なら、気軽に久しぶりという言葉もかけにくい。かといっていきなり〝大変だったわね〟というのも不躾な気がする。

離婚してすでに二年以上は経っているはずだから、下手に触れて古傷に触れる結果になるのも嫌である。かつての友人でもこれだけ長く離れていると、その心情の見当がつかない。

額を集める荇子と弁内侍に、権掌侍が遠慮がちに切りだす。

「あの、小大輔の件でちょっと小耳に挟んだのだけど」

「なにを?」

荇子と弁内侍が同時に問い返す。権掌侍はあたりをきょろきょろと見回す。

端のほうで女孺が片付けものをしている。荇子と弁内侍は示し合わせたように、さらに距離を詰める。

権掌侍も身を乗り出し、ひそめた声で言った。

「あの人、魂呼びの法に手を出したと噂されているらしいのよ」

どんな顔をして会うべきか。その結論を出す前に、荇子は噂の小大輔と鉢合わせた。

内侍所から梨壺にある自分の局に戻っていると、麗景殿との渡殿を小大輔が歩いてきていた。

瓜実顔の涼し気な面差しをした佳人は、荇子より三歳上の二十四歳。白絹の下に蘇芳色が透けて見える蘇芳菊の唐衣が荇子の好みすぎて、諸々の屈託も忘れて思わず感嘆の息をついた。

「あいかわらず、素敵な着こなしね」

昨日会ったばかりの相手に対するような、軽い言葉がぽろりと零れる。すると小大輔はびっくりしたように目を瞬かせた。

「え、江内侍なの？　誰かと思った」

「変なことを言わないでよ。そんなに変わったはずがないでしょう」

「変わるわよ。四年ぶりだもの。あなたももう二十一歳なのね」

年齢を言われてそうかと思う。確かに十七歳から二十一歳という荇子の変化は、小大輔の二十歳から二十四歳に比べて大きいかもしれない。

「そんなに老けたのかしら」

「それは年上にむかって言う言葉ではないでしょう」

おどけ半分に注意をされて、荇子は舌を出した。内侍所で懸念していたことが嘘のように、気持ちが昔に戻ってゆく。

立ち話もなんだということで、小大輔の局に行くことにした。彼女の局は麗景殿ではなく梨壺北舎（ほくしゃ）。荇子が住まう梨壺の別舎にあった。しかし妃の女房は、主人と同じ殿舎で寝起きすることが普通である。

「麗景殿の局は空（あ）いていなかったの？」

「詰めてもらえれば作れないこともなかったけど、いまは殿舎が空いているから使えばいいって、そちらの典侍（ないしのすけ）が言ってくださったのよ」

「内府典侍（ないふのすけ）が？」

「そう。震えが来るほどの美人ね」

大袈裟（おおげさ）な言葉のわりに、淡泊（たんぱく）な口調で小大輔は言った。

小大輔が御所を下がったのは先帝の御世だったから、先の中宮の女房だった如子（ゆきこ）のことなど知るよしもない。

話しながら到着した小大輔の局は、梨壺北舎の北の端にあった。二人むきあって座った局は、几帳（きちょう）と衝立（ついたて）で周りを囲んだごく一般的な設え（しつら）だった。簀子（すのこ）に人気（ひとけ）はなかったが、この殿舎には内裏女房も何人か住んでいるのでなんとなくざわついている。

小大輔は自分がいなかった御所での四年間を聞きたがった。とうぜんのことだ。この四年の御所の変動はすさまじい。なんといっても帝（みかど）が代わっている。そしてその中宮が退くという大事件があった。帝の退位は珍しくないが、后位の返上は前代未聞である。

「若宮様を亡くされてからというもの中宮様は完全に臥せってしまわれて、お役目を果たせるような状態ではなかったから」

苻子が語った世間で言われている説明は、実は真実ではない。

后位返上の真相を苻子は知っているが、他人に語ることはできない。御所にいる人間の中でも、それを知るのは苻子と帝だけである。

それまで穏やかに話を聞いていた小大輔が、ぴっと眉を逆立てた。

「そんなの、あたりまえじゃない」

これまでになかった険のある物言いに、苻子は臍を噛んだ。

「御子が亡くなったのよ。母親としてとうぜんでしょう」

小大輔は声を荒げる。しくじった。たとえ世間的にはそれで通っているとしても、小大輔に言うべき言葉ではなかった。

なぜなら、彼女もわが子を亡くしているからだ。

夫の赴任について御所を下がった小大輔は、赴任先で懐妊、出産をした。しかしその子供は誕生日を迎える前に亡くなった。死因までは聞いていないが、乳児や乳幼児がなくなるなど珍しくもないことだった。だからこそ七歳までの子供の死は『無服の殤』と呼ばれて服喪を免除される。

いかによくあることと言っても、子を亡くした親の悲嘆は想像に難くない。しかも小大輔の場合、さらに最悪なことがあった。夫が赴任先で別の女を持ち、小大輔とほぼ同じ時期に子供を産ませていたのだ。しかもそちらの子供はすくすくと育っている。

一夫多妻の世で他所に妻を持つことを、不誠実とは言えない。子供の出産が同時期になったのはあくまでも偶然で、母親が誰であれ子供が健やかに育つのはめでたいことだ。

しかし小大輔からすれば、愉快なわけがない。結果的に別れてしまったのだから、夫婦の間に大きな亀裂が生じたのだろう。

詰るような小大輔の反応は、まちがいなく中宮の身の上を自身にかさねているからなのだと思った。

「さような理由で退位させられるなんて、中宮様がお気の毒だわ」

「退位させられたって、中宮様はご自身で位を返上なされたのよ」

「表向きはそうでしょうけど、実際はそんなものではないでしょう」

小大輔の憤りは鎮まらない。

「主上もあんまりな為されよう――」

「子供を亡くされたのは、主上も同じよ。それもこの一年でお二人も」

「男親なんて、悲しむのはそのときだけよ」

吐き捨てるように小大輔は言った。その舌鋒には、別れた夫に対する鬱屈と蔑みがにじみ出ていた。

以前の苻子なら、声をあげて同意していたかもしれない。なぜなら苻子自身も実の父から追いやられた過去があるからだ。

けれど小大輔の帝に対する批判は、根本的に大きな間違いがある。

中宮は子を亡くしてなどいない。

彼女はわが子と生きるために、后位を返上した——それが、宮中では苻子と帝のみが知る真相だった。

そのことを告げたら、小大輔はどんな反応を示すのだろう。口外できるはずもない想像をしたあと、ふと清涼殿にいる帝のことを思いだす。

中宮とちがい、帝は本当にわが子を亡くしている。

心から愛した唯一の女人、室町御息所との間にできたたった一人のわが子、女一の宮を数か月前に亡くしたばかりである。中宮が産んだ子供は臣下との不貞の子で、帝の子供ではない。

もちろん小大輔はそんなことは知らないから、帝を冷たい父だと詰るのだ。

考えても詮無いことだと分かっていながら、苻子はいま小大輔の苦しみに共感できるのは、中宮よりも帝のほうなのだと訴えたくてしかたがなかった。

諸々の思いを呑みこみ、荇子は声をひそめた。

「人に聞かれるわよ」

小大輔はさすがに口許を押さえる。

彼女は気まずげな表情を浮かべたあと、頤を引くように小さく頭を下げる。

「ごめんなさい、興奮してしまって」

「……気にしないで。色々あったのでしょうから」

ゆっくりと首を横に振った荇子に、小大輔はうっすらと頰を赤くした。もう、以前通りの彼女だった。

けれど先程見せた、帝さえ容赦なく批難する苛烈な姿はすでに目に焼き付いている。

だからこそ荇子は思った。小大輔が魂呼びの法に手を出したという話は、もしかしたら本当のことではないのかと。

それからほどなくして、荇子は小大輔の局を出た。

北舎の簀子に立ち、壺庭の前栽を眺める。暗赤色の吾亦紅の花が群生しており、秋風に吹かれるさまなど、禿頭(かむろあたま)の女童(めのわらわ)達が笑いさざめいているかのように見える。

魂呼(たまよ)びの法、あるいは魂呼(たまよばひ)とは、文字通り魂を呼び寄せる儀式だ。

病などで意識が混濁(こんだく)するのは、魂が肉体を離れるからとされている。それゆえ陰陽師(おんみょうじ)は魂を呼びよせる儀式を行う。

これを病人に行うぶんには、なんの問題もない。臨終(りんじゅう)直後等にも、蘇生(そせい)を期待して行われる。

しかしあきらかな死者に対して行うこと、つまり甦(よみがえ)りを目的とした施術(せじゅつ)は禁止されていた。ゆえに正規の陰陽師はそんな邪法に手を染めない。禁術である呪詛(じゅそ)にかかわらないのと同じことだ。

甦りを目的とした魂呼を施術するのは、違法の存在とされる法師陰陽師や私度僧(しどそう)達であろう。断定できぬのは、いかんせん荇子は違法行為である魂呼も呪詛も試みたことがないから分からないのだ。

その魂呼をかつて行っていたと、小大輔は噂(うわさ)されていたのである。

なんでも子供が亡くなってしばらくは完全にのめり込み、それが離婚の一因にもなったのだと権掌侍は語った。

子を喪(うしな)った親の気持ちとしては理解できるし、たとえそれが真実だったとしても、小大輔を軽蔑しようとは思わない。

ただ違法にはちがいなく、宮仕えの女房がそんな噂を立てられて良いはずがない。それに話が大きくなれば、たとえ過去のことでも検非違使達が動きだすやもしれない。とにかく小大輔のためには、これ以上この噂が広がらないように祈るしかない。

気を取り直して歩きはじめた荇子の目に、簀子の端に立つ二人の女房の姿が映った。

二人とも面識があり、特に一人など見慣れすぎた顔である。

「江内侍さん」

はしゃいだ声をあげて走り寄ってきたのは、女蔵人の乙橘こと橘卓子である。

黄色の唐衣に萌黄色の表着が、潑溂とした十四歳の少女に良く似合っている。

半年前に奉職をはじめたこの下臈は遠縁にあたる娘で、荇子はなにかにつけて世話をやいてやっていた。人懐っこい美少女で、宮中では男女を問わずに可愛がられている。しかし物怖じしないその性格から、ひやひやするような大胆な行動が多く、ちょいちょいと荇子を悩ませている。

その卓子と連れ立っていたのは、若芽色の唐衣を着た若い下臈だった。

「美濃。あなたの局も北舎だったの」

「ええ、江内侍さん」

子犬か兎のようにあどけない表情の美濃は十七歳という若さだが、実はすでに一児の母だというから驚きだ。死別か離婚かは知らないが、夫はおらず一歳児を一人で育てていると聞いている。その子供を乳母に預けて宮仕えをはじめたのが、ちょうどひと月前。卓子からすれば、歳は上だが唯一の後輩女房だ。

女房になれる身分の女人は、子育てには乳母を雇う。しかし夫がいない美濃はそれを自分の稼ぎで賄わなければならないから大変だ。

「美濃が誘ってくれたので、遊びに来たのです。ちょうどおたがいに仕事が一段落したところなので」

「あまりうるさくならないようにしなさいよ。ここには他の人達も住んでいるのだから」

「気をつけます。ところで江内侍さんはなぜここに?」

卓子の素朴な問いに、荇子は自分が出てきた方向を指差した。

「昔からの友人が戻ってきて、ここに局を賜っているのよ」

「小大輔さんですか?」

美濃の問いに、荇子は首肯する。

「二、三日前に来たばかりだと言っていたけど、もう知っているのね」

「御所に上がられたときに、ご挨拶に来てくださいました。北舎に住む方々全員を訪ねたようですよ。数年ぶりの宮仕えなので、勝手を忘れて迷惑をかけるかもしれないから、そのときは遠慮（えんりょ）なく言って欲しいと」

「へえ、きちんとした方なのね」

分かったように卓子が言うと、美濃は心持ち表情を硬くする。

「それに垢抜（あかぬ）けた方だったから、なんだか緊張してしまいました」

「気難しい人ではないから、こちらが常識を守っていれば大丈夫よ」

「ですって。慎重にね」

などと言って卓子は先輩風を吹かしているが、荇子からすれば『どの口が言う』である。なにをやらかすか分からぬ卓子のほうが、美濃より余程危うい。

（教えておいたほうがいいかな……）

小大輔の離婚理由ではない。そんなものは口さがない御所の女達の性質（たち）を考えれば、いずれ耳に入るだろう。魂呼をしていたのかもという噂と一緒に。

荇子が懸念（けねん）していたのは、小大輔と話していて荇子が感じた彼女の心の疵（きず）。その存在について伝えておくべきなのかを迷ったのだ。あんなふうに声を荒げ、声量を抑えることもなく帝を罵（ののし）るなど、内裏（だいり）女房時代には考えられぬふるまいだった。

普段はかつてと変わらぬが、なにが逆鱗（げきりん）に触れるか分からぬ危ういところがあるから気をつけるようにと、同じ殿舎に住む美濃には伝えておいたほうが良いかもしれないと、ふと考えた。

しかし短い逡巡のあと、すぐにやめておこうという結論に至る。

美濃は卓子のように奔放ではない。若さと経験不足から物慣れぬところはあるが、いたって平凡な娘だから、普通に振る舞っていれば小大輔を刺激することもないだろう。そもそも彼女の心の疵というのも、荇子が一方的に感じたことで小大輔がなにか訴えたわけでもないのだから、それを訳知り顔で他人に教えようなどというのは傲慢でしかない。

結局、荇子はなにも言わず卓子達と別れた。

簀子を曲がった先の壺庭には、背の高い紫苑の草が薄紫の花を咲かせ、その上を旋回するように秋茜が飛んでいた。昼中はまだ暑いが、風物にはしっかり秋を感じるようになっていた。

荇子はその場にたたずみ、秋茜の動きをぼんやりと目で追いかけていたが、とつぜん響いたがしゃりと石を踏みしだく音に現実に引き戻される。

いつのまに来ていたのか、高欄の下に藤原征礼が立っていた。

十五年来の幼馴染は、五位を示す緋色の袍に指貫をつけた衣冠装束だった。それは侍従と少納言を兼任する彼の通常の装いだが、今日は手にしている物が珍しかった。

征礼は、撫子(なでしこ)の切り花が入った花籠(はなかご)をぶら下げていたのだ。

いったいそれはなんだ？　と問う前に征礼が訊いた。

「いま上がりか？」

「ちがうわ。友人の局を訪ねてきたところよ」

「友人？　弁内侍(べんのないし)か」

六年のつきあいになる朋友(ほうゆう)の名に、荇子は首を横に振った。

「征礼は知らないかも。先帝の時代に御所を退いたから。小大輔という人よ。そのときは命婦(みょうぶ)だったわ」

あんのじょう覚えがないと見え、征礼は首を捻(ひね)っている。先帝の時代、征礼は春宮坊(とうぐうぼう)の官吏(かんり)だったから、御所にはあまり顔を見せなかった。内裏女房だった小大輔を認識していなくとも不思議ではない。

「その人が、麗景殿様のところでお仕えすることになったのよ」

「ああ、それは女御も心強いだろうな」

さらりと征礼は言った。その物言いに弁内侍達のような含みはなかった。帝の側近である征礼は、あるいは女御の顔をちらりとでも見たことはあるかもしれなかった。しかし弘徽殿女御や先の中宮(ちゅうぐう)と比較するようなことはしない。

征礼はひょいと花籠を持ち上げた。

「悪いけど、これを朝餉間に飾っておいてくれないか」

秋の七草でもある可憐な撫子の花は、帝の目を慰めるものとして問題はない。疑問は、なぜそれを征礼が持ってきたのかということだ。飾り花の準備など、普通は身分の低い女官か僕がするものだ。

「かまわないけど、とつぜんどうしたの？」

「明日は姫宮様の忌日（この場合は月命日のこと）だから、四条の邸から摘んできた」

「四条の邸って、前の東宮御所のこと？　主上がご即位前にお住まいだった」

「そう。姫宮様が身罷られた場所だよ」

強調して告げられた言葉に身が引き締まる。

征礼の真意は分かっている。

今年のはじめ。風病をこじらせて危篤となった女一の宮は、生まれ育った四条の東宮御所に移されてそこで身罷った。神聖なる御所で死の穢れを生じさせることは禁忌とされているからだ。内裏で臨終を迎えられるのは帝だけで、それ以外の者は、もはや助からぬとなればまず外に出される。

表向きはそうなっている。

しかし実際は、ちがっていた。

内裏を動けぬ帝は、臨終間際の最愛の娘を手放すことができなかった。征礼も人としての情が勝り、侍従として帝を説得することができなかった。

その結果、姫宮は内裏で身罷ったのだ。

この不始末を隠蔽するために、遺体を生存していると偽って東宮御所に移送した。そこで身罷ったことにして、魂殿（殯宮）に送ったのだ。

一連の工作を行ったのは征礼で、ひょんなきっかけで荇子はそのことに気づいた。しかし内府典侍・藤原如子の人事を交換条件として、この件を黙することを約束した。

いまの征礼の発言は、約束を違えるなとあらためて釘を刺してきたにちがいなかった。強張った表情をほぐし、荇子は笑みをとりつくろって花籠を受け取る。そうしてなんということもないように尋ねる。

「なぜ今月にかぎって東宮御所まで行ってきたの？　花なら御所でいくらでも摘めるでしように」

「しばらく無沙汰をしていたから、様子を見てこようとも思ったんだ」

征礼の口調はいつもの気さくなものに戻っていた。おたがいに演技がうまくなったものである。

荇子は籠の花と、征礼の顔を交互に見比べた。

「だったらその報告もかねて、一緒に主上のもとに上がりましょう」

唐突な荇子の誘いに、征礼は意味の分からぬ顔をする。かまわず荇子は、挑発とも励ましともつかぬ口調で言った。

「あの御方を一緒に支えようと誘ったのは、あなたのほうでしょ」

それは先日、征礼が荇子に告げた言葉だった。

自分と一緒に、帝を支えて欲しい。内裏女房として。秘密を共有した同志として。そしておそらく、もはや幼馴染の一言では片づけられなくなった相手として。

征礼は大きく目を瞬かせ、まじまじと荇子を見る。

その眼差しを、荇子は正面から受け止める。

そうやってしばし見つめあったのち、征礼はこくりとうなずいた。

「東宮御所には、いまでもよく行くの？」

渡殿を進みながら、なにげなく荇子は尋ねた。

「正確には、もう東宮御所ではないけどな」

やんわりと征礼が訂正する。確かに今上が即位をしたいま、四条の邸はもはや東宮御所ではない。

「別にいいでしょ。他に東宮御所なんてないんだから」

などとあれこれ話しているうちに、すぐに清涼殿に着いた。

東庭を横目に、西側に回る。この刻限であれば帝はまだ東廂の昼御座に出御しているかもしれないが、朝餉間に花を活けるだけなら、西廂に行けばよい。

北側から西の簀子に上がると、壺庭がひらけてくる。青々とした枝葉を柳のようにしならせた萩が、薄紅と白の花をほころばせていた。

「二、三日見ないうちにだいぶん咲いたな」

簀子の端に立ち、征礼は感嘆の声をあげる。男性の官吏は西廂には回らず、公的な場所である東廂だけで退出することも珍しくなかった。それでも帝の忠臣である征礼は、身分を考えればかなり西廂に足を運んでいるほうだけれども。

「征礼か？」

朝餉間から帝の声がした。昼御座にいると思っていたので、少し驚いた。二人揃って簀子を進むと、奥には二藍の御引直衣を着けた帝がいた。

並んで姿を見せた荇子と征礼に、帝は口角を持ち上げて微笑む。

「どうした、二人揃って」

「私達はお花を――」

「四条のお邸からお持ちしました」

　花籠を持ち上げた荇子の横で、征礼が言った。

「そうか、ご苦労だったな。あちらの様子はどうだった」

「特に変わりはございませんが、前栽が弱ってきたと僕が心配しておりました。今年の夏は日差しが厳しかったので、草花も弱ったのやもしれません。幸いにして撫子は無事に咲いておりましたので」

　荇子は籠の中の切り花を見た。あたり前だが萎えかけているので、早く活けてやらないと枯れてしまう。どうやら征礼には、切り花の茎先を濡れた布で湿らせるという発想はないらしい。

（こういうところは、気が利かないんだから）

　荇子はいったん席を外して、隣の台盤所から女嬬に花瓶に水を入れて持ってくるように命じる。ほどなくして土器の細長い花瓶を手にした女嬬が戻ってきた。荇子は茎の長さを調整して、見栄えがよいように花を活ける。

　花瓶を持って朝餉間に戻ると、征礼と帝がなにか話し合っていた。穏やかな語り口から深刻な話ではなさそうだ。しかし先月の左大臣の件があるから、この二人の外面の良さは油断はできない。

娘・弘徽殿女御の立后を切望する左大臣に、帝は先の中宮の廃后を促した。もちろん左大臣は大喜びで引き受けた。そうやって首尾よく中宮を退かせたあと、帝は左大臣の弱みを突き付けて弘徽殿女御の立后を阻んだ。

まったく、いま思いだしても腹が立つ。

荇子は帝の命令で、廃后の為に内裏の内外を文字通り走り回った。唐衣裳をつけた女房なのに。けれど左大臣の件は聞いていなかったから、なんだか一人だけ枠の外に置かれたようで釈然としなかった。

荇子は花瓶を二階厨子の上に置いた。土器の素朴な焼き色が、薄紅の撫子の優しい色合いを引き立てている。

「可愛らしいものだ」

ぽつりと帝は言った。

「姫宮は撫子の花が好きだった。いや、薄紅の花ならなんでも好きだったな」

荇子は手元の花瓶から帝にと、視線を動かした。

間近の花を見ているはずの帝が、はるか彼方を眺めているような目をしていた。

姫宮が身罷ってから半年ばかり。最初の頃は話しかけるのも憚られるほどに憔悴していたが、除服（無服の殤なので、本来は服喪自体が必要なかったのだが）をきっかけにずいぶんと立ち直ったように傍目には映る。加えて他人に心を開かない性格もあって、いまではあからさまに嘆く姿を見ることはない。

——男親なんて、悲しむのはそのときだけよ。

小大輔の非難がよみがえる。

実際、そういう男親はいるのだろう。胎児の成長に比例して十月十日をかけて母親になってゆく女親と、子が生まれたときにはじめて父親になる男親とでは、親としての心構えが固まるまでにずれが生じても不思議ではない。

けれど六年間慈しみつづけた我が子を失った帝に、小大輔の指摘は該当しない。あのときはいろいろな経緯があって否定することができなかったが、こうして帝の姿を目の当たりにすると、仕える者として抗弁できなかったことをいまさら申し訳なく思う。

「姫宮様は、お召し物も薄紅をお好みでしたね」

荇子が言うと、帝はしばしの間ののち「そうだったな」と感慨深げに言った。

一般的な男親らしく、女児の着るものにはあまり関心を示さない。けれど娘の姿はしっかりと見てきたから、無意識の中でその衣を脳裡に刻んでいる。

きっと帝は、在りし日の姫宮の姿を思い浮かべているにちがいない。

荇子から見ても可愛らしい女児だった。尼削ぎの髪を扇のように揺らして、濃き色の小袖と袴の上に、薄紅色の細長を好んで羽織っていた。お気に入りの衣を着せてやると、満面の笑顔で女房達はもちろん帝にまで自慢しに行っていた。そんな娘を、帝はとろけそうな眼差しで見つめていた。

薄紅色を好む一方、高貴な色である赤と青がお気に召さず、その色の細長や衵を出すとちょっと嫌そうな顔をしていた。

女一の宮は、そんな内親王だった。

帝はくすりと、息を吐くような笑い声をたてた。

「しかしあの娘は、赤はあまり好まなかった。紅と赤のどこがちがうのか、私にはまったく分からなかったが……」

帝の物言いは、まるで昨日のことを語るかのようにはっきりとしていた。

いまさらながら荇子は、あのとき帝に対する小大輔の批判を黙って聞いていた自分に臍を噛んだ。

それから二日程して、梨壺の北舎でちょっとした騒動が起きた。

美濃が他の女房達からつるし上げられたのだ。

夜が明けた頃、どこからか女達の怒声が聞こえてきていたのは気付いていた。

しかし後宮では女同士の諍いなど、日常茶飯事である。またどこかの女房、あるいは女官達が喧嘩をしているのだろうと、さして気にもせずに荇子は身支度を済ませた。唐衣は花薄のかさね。白に縹色をあわせた、真っ白な尾花を象ったものとされている。

内侍所に入ると、先に来ていた権掌侍二人がうんざりした顔で文句を言いあっていた。

「まったく、昨日は美濃のせいで全然寝られなかったわ」

「一昨日が夜居だった佐命婦なんて、かんかんだったわよ」

「ほんと、堪忍して欲しいわ。ちょっと考えたら分かるでしょうに」

などと不平を言いあっているから、どうあったって気にせずにはいられない。荇子は彼女等の傍に近づき「おはよう」と声をかけてから「なにがあったの？」と尋ねた。

「美濃が自分の局に子供を泊めて、一晩中泣かせつづけたのよ」

二の権掌侍が、腹立たし気に言った。二人の権掌侍の局は、共に梨壺の北舎だった。

内侍所と近いこともあり、ほとんどの内侍は梨壺とその北舎に局を賜っている。荇子はもちろん、弁内侍と加賀（かが）内侍も梨壺だ。長橋局（ながはしのつぼね）だけが、清涼殿と紫宸殿（ししんでん）をつなぐ渡殿（わたどの）付近に局を持っている。これは彼女が煙たがられているからではなく、内侍第一の者は伝統的にそこに住むことになっているのだ。

「しかも事前の断りもなく、勝手に泊めていたのよ。そりゃあ局に家族を泊める人はいくらでもいるわよ。でも夜泣きするような年齢の子供だったら、周りに断りを入れておくべきでしょ」

二の権掌侍の言い分は、まったく正しい。

「それはきつかったわね」

荇子は心から二人に同情した。眠いのに寝られない、もしくは寝たくても寝られないのは本当にきつい。

定期的にやってくる庚申（こうしん）の夜や、夜居の当番などで徹夜慣れしている内裏（だいり）女房だが、自主的に起きている徹夜と他人から睡眠を邪魔されての徹夜はまったくちがう。夜居明けだという佐命婦など、二日間眠れなかったというのだから気の毒すぎてかける言葉もない。

「夜が明けてから、北舎の女房の全員で詰め寄ってやったわよ」

権掌侍も怒り心頭である。その光景を想像したときは、さすがに美濃が可哀想（かわいそう）になった。美濃の失態は明らかだし、睡眠を妨げられた同僚達には心から同情する。そのうえで敢（あ）

えて言うのなら、誰か一人でも子供を泣かせる彼女の局に行って、外に出るように言ってやればよかったのにと思う。御所という集団生活の場にまだ慣れていない美濃には、その発想がなかったのだろう。

　明かりもない夜中、誰の局かも定かではない。足元もおぼつかない暗さの中を手探りで注意に行くよりも、そのうち静かになるだろうと衾(ふすま)をかぶったりして音を防ぐ試みのほうをみなが選んでしまった。そうやって一晩耐えた結果、全員の怒りが頂点に達した。

　空が白くなるとすぐに、北舎住まいの女房達の全員が抗議に押しかけた。美濃はそこではじめて、自分がかけた迷惑に気づいたような反応だったという。

　いつも乳母(めのと)に預けているわが子と、たまには共に過ごしたい。さりとて宮仕えをはじめてわずかひと月で里帰りを申し出るわけにもいかない。ならば自分の局に泊めればよいと単純に考えたようだった。

「ちょっと信じられないでしょう⁉」

　思いだして怒りが再燃したのか、二の権掌侍の口調は荒い。しかし若くて世間知らずの娘など、最初のうちはそういうものだろうと取り成す気持ちで荇子は言った

「でもそれだけお灸(きゅう)を据えられたのなら、美濃もだいぶん反省しているんじゃない」

「確かにね」

二人の権掌侍は相槌をするように頷きあった。

「私達も言ったけど、特に小大輔が厳しくて、さすがに美濃が可哀想なぐらいだったわ」

「え？」

「ああ、あれね。あとのほうは皆引いていたわよね」

「非常識が過ぎるとか、そんな姿勢で内裏女房が務まるわけがないとか」

「そこらへんなら言い方はきつくても順当な叱責でしょ。あとのほうは興奮して、無茶苦茶なことを言っていたわよ。あなたのような考えなしな娘が子を育てられるはずがないとか、そんな母親を持った子供が可哀想だとか」

「母親失格だとか」

「父親が分からぬ子供を産むなんて汚らわしい、とまで言っていたわよ」

「考えなしに産んで、考えなしに育てるから、考えなしに周りに迷惑をかけられるんだとも言っていたわ」

あまりの暴言に、荇子は耳を疑う。もしや権掌侍達が話を大袈裟にしているのではとも思ったが、矢継ぎ早に出てくる辛辣な言葉の数々に、どうやら本当のことだと悟った。こんなひどい言葉を次から次にと紡げるほど、二人は口達者ではない。

「美濃、泣いていなかった？」

「そりゃ、泣いていたわよ。でも小大輔はいっさい容赦しなかったわよね」

「うん、あんなきつい人だったかなってびっくりしたわ」

いつしか二人の話題は、美濃に対する苦情から小大輔の変貌ぶりへの驚きにと変わっていた。

どうやら苻子が感じた小大輔の変化は、気のせいではなかったようだ。

いまの彼女の中には、なにが逆鱗に触れるか分からぬ危うさがある。そしてよりによって美濃は、子供という小大輔を一番刺激しかねない存在での失敗をしてしまった。

「小大輔は子供を亡くしているのでしょう。夜泣きなどを聞かされれば神経も尖るわよ」

苻子の言葉に、権掌侍達は目を見合わせる。

「そうよね」

「確かに小大輔は言いすぎたけど、もともとの原因を作ったのは美濃だものね」

「子供を連れてくるのは皆やっているけど、さすがにあの年の子供を一晩中置いておくのはないわ」

「ちょっと可哀想だったけど、いいお灸にはなったかもしれないわね」

二の権掌侍が応じて、二人は話を完結させた。苻子も彼女達の傍らで相槌をうつ。とはいえ内裏女房達の前で小大輔が見せた苛烈なふるまいは、間違いなく御所中に広まるだろうとは思った。

荇子の予想に違わず、この件は瞬く間に女房達の知るところとなった。美濃の失態より小大輔の変貌のほうが話題になっているのが、いかにも後宮らしい。

何十人もの女が寝泊まりしている場所だから、似たような騒動はこれまでもあった。しかし今回は少々話がこじれていた。というのは小大輔が以前のような内裏女房ではなく麗景殿の女房となっていたからだ。つまり内裏女房が、妃付きの女房を怒らせたという事態になるのだった。

「これは麗景殿女御に、詫びを入れたほうがいいのかしらね」

文机を背に、気乗りしないふうに言ったのは内府典侍こと藤原如子。小大輔の言葉を借りれば、震えがくるほどの佳人である。今様色の唐衣は、花菱地に縹色の糸で唐花を織り出した二陪織物。上臈にしか許されぬ手の込んだ織物をまとえる者は、内裏女房の中では如子のみであった。

「なにしろうちの下臈が粗相をして、あちらの女房を怒らせたことになるのだからね」

内侍司は、内裏女房のみならず宮中で働く女達を監督する立場にある。ゆえに美濃の不始末に如子が知らぬ顔をするわけにはいかないのだった。まして女御がらみというのだからなおさらだ。

「詫びておいたほうが、のちのちの面倒にはならぬと思いますが……」

答えたのは次席掌侍の加賀内侍。この場には長橋局もいるが、答える気配はない。皇太后の上雑仕の件でやらかしてから、すっかり大人しくなってしまっていた。

弁内侍は休み。権掌侍の二人は清涼殿のほうに出ているので、この場にいる内侍は荇子を含めると三人だった。

「さりとて噂に聞く小大輔の激情ぶりを聞くと、むこうも気まずくは感じていると思います。詫びをすることで、かえっていやみに取られるかもしれません」

「では、このまま放っておいても大丈夫かしら？」

「いえ、それは……」

そういうことではない。加賀内侍の心中を慮って、荇子は口を挟んだ。

「たとえあちらに非があっても、一応謝っておいたほうが貸しは作れます」

「……そんなものなの？」

釈然としない顔をする如子の陰で、加賀内侍がうんうんと何度もうなずく。

謝らなくてよい所で謝って買った怒りより、謝るべきを謝らずに買った怒りのほうが絶対にこじれる。いやみに取られようと、謝らないより謝っておいたほうが無難なことはまちがいない——普通の女人であれば。

問題は如子に、そんな殊勝な真似ができるかということだった。

　およそこの女人ほど、謝罪という行為にむかぬ人材はいないと荇子は思う。ただでさえその圧倒的な美貌が人を威圧する。もしかしたら迫力で押し切るという芸当に昇華できるかもしれないが、それではまちがいなく遺恨となる。

　そもそも藤壺に仕えていた頃の如子は、その気の強さと舌鋒から、妃の女房達に徹底して嫌われていた。同僚だった藤壺の者達は言わずもがな、口論相手の弘徽殿の女房を言い負かして泣かせたこともある。それに比べたら麗景殿は比較的軋轢がないほうだが、いずれにしろ如子の圭角のある性格は変わらない。

　つまり如子が謝罪に出向いても、かえって麗景殿側を怒らせる可能性が高いのだ。加賀内侍が言葉を濁していたのは、そういう危険性を危ぶんだからだろう。

　そう言うと厄介な上司のようだが、てきぱきとした平等な采配や、身分の高い者にもひるまぬ毅然とした態度は目を見張るものがあるので、良くも悪くも人の上に立つしかできない人なのだ。

　しかし「あなたが謝罪をしても、火に油をそそぐだけ」とは言えない。どうしたものかと荇子は思い煩う。

「ならば、江内侍に名代をさせてはいかがですか？」

さらりと告げられた加賀内侍の提案に、荇子はぎょっとする。

あわてて目をむけると、七つ年上の先輩は彼女らしい品の良い笑みを湛えてこくりとうなずく。

「乙橘から聞いたわよ。小大輔とは局に行くほど親しいそうね」

あの小娘がと歯噛みをしかけたが、卓子の証言そのものは嘘ではない。

それに荇子にも負い目はある。卓子と美濃に鉢合わせたあのとき、自分が小大輔に抱いた懸念を伝えてやっていたら、こんなことにはならなかったかもしれない。

如子は声を弾ませた。

「まあ、そうだったの」

「いや、その……」

「では江内侍に名代を任せましょう。私が行ってもどうせ面倒なことになるし、あなたのほうが麗景殿も不快にはならないでしょうし」

上機嫌の如子とは対照的に、煩わしさに荇子の気持ちは沈んだ。

それとは別に、いまの一言で悟った点もある。それは如子が、他人を怒らせることでは天才的な自分の才（？）に自覚を持っていたということだった。

そんな理由で荇子は、如子が記した詫び状を携えて麗景殿に向かったのだった。

その詫び状も、実はいったん確認させてもらった。高い教養を持つ如子は、手蹟も優れており、文体も礼に適ったものを記せる。しかし行間ににじみ出るであろう尊大さが、無自覚なだけに油断できない。なにしろそんな文を渡して叱責を受けるのは、如子ではなく遣いの荇子なのだから。

遠慮がちに内覧を提案すると、如子は気を悪くすることもなく了解した。

「かえって助かるわ。私は詫び状なんて書いたことがないから」

しれっと言われたときは、もはや苦笑いをするしかなかった。

（でも、この内容なら大丈夫よね）

妻戸の前で、預かった包み文を抱くようにして胸に押し付ける。

女房の案内で廂に入る。几帳や御簾の陰に、顔見知りの麗景殿の女房達が控えている。簀子や渡殿でたまにすれちがうが、あいさつ程度でじっくり話したことはない。

麗景殿自体は、宮仕えをはじめて間もない頃に入ったことがある。先々帝の妃がここを賜(たまわ)っており、帝の遣いとして訪ねていた。そのうち何回かは上御局(うえのみつぼね)への参上、すなわち夜のお召しを伝える内容だった。先の麗景殿女御は、先々帝の寵姫(ちょうき)だったのだ。

しかし今上の世になり四年経つが、今日まで荇子は麗景殿にうかがったことがなかった。なにしろいまの麗景殿女御は、夜のお召しが圧倒的に少ない。内裏(だいり)女房が妃の殿舎を訪ねる理由はそれだけではないのだが、命婦(みょうぶ)も含めて数多(あまた)の内裏女房が候(さぶら)う中では、偶然としてそういう結果になってしまっていたのだ。

(そもそも主上が、あんまり上御局にお越しにならないのよね)

弘徽殿女御に比べると、確かに劣勢ではある。しかし麗景殿女御が特に退けられているというよりは、むしろそういうことなのだ。十四歳で身罷(みまか)った先帝は別として、先々帝と比較しても圧倒的に独り寝が多い。

(まだ、三十歳なのに……)

下世話なことを考えながら、御前に出る。奥の御座所(ござしょ)では、複数の女房達に囲まれた麗景殿女御が座っていた。荇子は案内役の女房に、如子からの文を手渡した。そのまま床に座って深々と一礼する。

「このたびは当方の女房が、貴所の御方に大変な迷惑をお掛け致しました」

そろそろと顔を上げながら、母屋(もや)の様子をうかがう。小大輔の姿は見えない。当事者がいないことはないだろうから、奥に控えているのかもしれない。

麗景殿女御は、右肘を脇息にもたれかけさせた姿勢で、如子からの詫び状に目を落としている。蛇腹に折りたたんでいた薄様の端を手に持ち、膝の上にはらりと薄布のように広げている。詫び状だから格式のある陸奥紙を使ったほうがよいのかと訊かれたが、それではあまりに硬すぎるので、色味を抑えた薄様が無難ではないかと勧めたのは荇子だった。そうして如子が選んだものは、ほんのりと色づいた鳥の子色だった。

その薄様が、女御が羽織った赤蘇芳の小袿から緋色の袴の上に広がっている。

ざっと一読したあと、女御は顔をあげた。活気に乏しい、これといった特徴もない平凡な顔立ちには、派手な二陪織物の小袿が借り物のように映る。

麗景殿女御は間近にいた女房になにか囁き、それを受けた女房が口を開いた。

「江内侍。こちらに記されている藤壺の件はまことですか?」

「はい。このままでは互いに気づまりでございましょうから、そちらの女房君がご希望なさるのであれば、現在は無人となっている藤壺の一画を局としてお使いいただいてもかまわないと内府典侍が」

先の中宮が住んでいた藤壺は、いまは無人となっている。だったらその一画を局として使わせてやればよい。そこまでしてやれば、小大輔はもちろん麗景殿全体が恐縮するにちがいない、というのが発案者である如子の言い分だった。

かえっていやみが過ぎないかと思ったが、小大輔も美濃もあのまま同じ殿舎で過ごすのは気まずいだろう。もともと北舎は内裏女房達の曹司なので、よそ者の小大輔を居座らせて無理矢理仲直りをさせるより、距離を取らせたほうが手っ取り早い。

「小大輔、いかがいたす？」

麗景殿の中でも特に年配の女房が、奥にむかって話しかけた。

衣擦れの音がして、小大輔が女房達をかきわけるようにしていざり出てきた。その表情がひどく険しいことに荇子は嫌な予感がした。

これは予想とちがう。

不安定な精神状態からつい美濃を罵倒してしまった小大輔だが、荇子に対してそうだったように、今頃はきっと反省をしているだろうと思っていた。

しかしこの表情は、どう見てもそんな感じではない。

あんのじょう小大輔は、険のある声音で言った。

「あの愚かな娘に、二度とこのような騒動を起こさぬよう、厳しく戒めてくださいませ」

荇子はもちろん、麗景殿側の女房達の間にも戸惑いが広がる。せっかく如子と麗景殿の間で治まりかけていた騒動に、ふたたび火をつけかねない刺々しい物言いだった。

「これ、小大輔」

女房の一人が咎めるように言うが、小大輔は知らん顔だ。

一日過ぎてもまだこれほど怒っているのだから、子供にかかわることはやはり彼女にとって逆鱗なのだとあらためて思う。

とはいえ、荇子はもちろん不愉快だった。しかし小大輔も過剰すぎる。

非はまちがいなく美濃にある。そもそも麗景殿の女房である小大輔が梨壺北舎に局を賜われたことが、詫び状を書いた如子の厚意である。それを受けておきながら、二度三度繰り返したというのならともかく一回の失態でこの執拗さはいくらなんでもひどくないか。

いかがしたものかと、荇子は考えを巡らせる。

そうですね、本当に申し訳ありませんでした。などと心にもないことを言うのは簡単だが、それでは内侍司の面目が保てない。かといって小大輔と同じ勢いで反発しては、如子が書いた詫び状も荇子がここに来た意味もなくなってしまう。

荇子は母屋の様子をうかがった。幸いにして他の女房は小大輔の増長を申し訳なく感じているようなので、ここはいったん引いて貸しを作っておくかと考えなおす。

「もちろんでございます。美濃もけして悪気があったわけではありません。いかんせん赤子とは親にもままならぬものゆえ――」

「子供を持ったことがないあなたに、なにが分かるのよ」

辛辣(しんらつ)かつ感情的な言葉に、荇子は別に傷つかなかった。なぜなら子供を欲しいと思っていなかったからだ。高価ではあるが、まったく好みではない衣を自慢されたような白けた感情しかない。

しかし小大輔のこの発言は、まちがいなくこの席をひりつかせた。

この殿舎の女主人。麗景殿女御は、入内(じゅだい)して三年になるのに懐妊(かいにん)の兆(きざ)しがない。本人も周りもやきもきして心を痛めているにちがいないというのに――。

「小大輔！」

女房が叱(しか)りつけた。先ほどとは比べ者にならないほど声が鋭い。

ここにきて小大輔は、ようやく自分の失言に気づいた。はっきりと顔を青ざめさせ、平伏する。

「申し訳ありません。失言でした」

「――私よりも、こちらの内侍殿に謝りなさい」

そう告げたのは麗景殿女御だった。彼女は膝に広げた詫び状をたたみもせず、無造作(むぞうさ)に傍(かたわ)らの女房に手渡した。如子の詫び状も小大輔の暴言も、無関心極まれりといった反応だった。考えてみれば乳姉妹(ちきょうだい)というのならともかく、入ってきて間もない女房の騒動など関心がなくてもとうぜんだ。

ちなみに如子が詫び状を書いたのも、そのほうが無難に収まるからという理由で、心から悪いと思っているわけではない。こうなると本当にどちらも望んでいないことをさせたのだと虚(むな)しくなる。

主から直に注意をされ、小大輔は羞恥(しゅうち)で頬(ほお)を赤くした。その顔貌(がんぼう)のまま荇子にむかって深々と頭をさげた。

「ごめんなさい、ひどいことを言ってしまって」

「あ、いえ、別に……」

子供など欲したことがないから、傷ついていない。本当はそう主張したかったが、そんなことをすれば今度は荇子がこの場をひりつかせてしまう。それに小大輔の項垂(うなだ)れたさまを見るかぎり、どうやら本当に反省しているようだから責めようとは思わなかった。

「大丈夫よ。気にしていないから」

「本当にごめんなさい」

小大輔は謝罪を繰り返したが、これでは本来の目的があべこべになってしまう。これ以上ややこしいことにならないうちに退散しよう。

「では、私はこれで。局の件は、ゆっくりとご検討ください」

結局、局を移動するかどうかを聞いていないが、これ以上長居はしたくない。逃げるように荇子が腰を浮かしかけたときだった。

「あなたの表着、珍しい色ね」

「え？」

誰の声なのか、とっさには分からなかった。

それが麗景殿女御だと分かったのは、彼女が荇子を見ていたからだ。荇子は彼女の視線を追って自分の袖口に目をむける。緑衫の表着と濃縹の単というお気に入りの色合わせだった。

「けして珍しいものではないですよ。ですが殿方の六位の当色ですから、女御様にはお目汚しになったやもしれませぬ」

「とても似合っているわ」

ぽつりと告げられた言葉に、荇子は目をぱちくりさせる。

ふと乞巧奠の夜に、麗景殿女御に感じたことを思いだす。曼殊沙華のように艶やかな赤い小袿を着た女御に対して荇子は、彼女の細面には縹色のほうが映えるだろうと思ったのだ。

お召しになってみませんか？

そう言ってみたかったが、できるわけがない。そもそも二陪織物（ふたえおりもの）の禁色（きんじき）も自由にまとえる女御がこんな色を望むはずがない。

「お褒めいただき光栄です」

短い言葉で礼を述べると、女御は首を揺らすようにしてうなずいた。彼女がそれ以上なにも言わなかったので、荇子は未練らしきものを残したまま立ち上がった。

それから数日後。夜更けになると、どこからか赤子の泣き声が聞こえてくる——女房達の間にそんな訴えが数件相次いだ。

こういう場合、まずは前科持ちに疑念がむけられる。

泣き声を聞いたという女房達は、真っ先に美濃を追及した。もちろん美濃は「そんなことはしていない」と言った。

皆から吊るしあげられたことがそうとう堪（こた）えたらしく、あのあとしばらくはずっと項垂れていた。あの姿を思いだせば、さすがに同じ失敗を二度もやらかさない気がする。

しかも今度は泣き声もか細く、どこから聞こえているかも曖昧（あいまい）なものなのだという。女房達もふと目を覚ましたさいに気付いた程度で、さして迷惑とは感じていない。北舎の局で大泣きさせて、周りの女房達を大激怒させた前回とは様子がちがう。

そんな事情から、美濃への疑念はすぐに晴れた。

しかし泣き声を聞いたという訴え自体は本当なので、そのうち誰ともなく言い出した。

「夭折なされた若宮様の御霊が、御所を彷徨っておられるのではないかしら？」

この若宮とは、廃后となった先の中宮が産んだ男児のことだ。

台盤所でその話を聞いたとき、荇子は素っ気なく返した。

「若宮様が身罷られたのは、里内裏よ。御霊が彷徨うのなら、そちらでしょう」

われながらなんと馬鹿々しいことを言っているのか。中有という目に見えない空間を彷徨う霊が、現実の場所で制限を受けるというのも変だし、そもそも若宮様は生きているのだ。現実には存命なのだから、そんなことになるはずがない。日羽という名のあの美しい子供は、今は両親とともに陸奥の地で暮らしているだろう。

「生前に一度もまみえることはできなかったお父上に、会いにいらしたのかもしれないわ」

「姫宮様とちがって、お父様のお顔も存じ上げないものね」

命婦達の無責任なお喋りに、荇子はだから生きているんだってと言えるはずもない反論を呑みこむ。

では、なんの泣き声なのかと訊かれたら、耳にしていないので答えられぬ。されどおおかた鳥か猫の泣き声を聞き間違えたのではないかと疑っている。

（それか、内裏の外で女官の子供が泣いていたとか……）

内裏の西隣には、采女町と呼ばれる詰所がある。采女とはいまでは身分の低い女官のことを呼ぶ。万葉の時代に帝への奉仕を義務付けられた地方豪族の娘達とは少し立場がちがっている。ともかくそこには、彼女らの子供がけっこう出入りしているのだ。

泣き声はどこから聞こえてきたとも分からぬ細いものだったというから、それがあくまでも人の声だというのなら、なおさら采女町の可能性が高いように思う。そんな荇子の思惑など知る由もない女房達は、好き放題に憶測を語る。

「確かに若宮様は姫宮様とちがって、お父上の腕に抱かれることすらなかったものね」

「里内裏から、そのまま魂に移されてしまわれたからね」

「そう考えたら、まことにおいたわしいわ」

いたわしくなどない。その子供はつい先日、本当の父親の腕に抱かれて楽し気に笑っていた。そしていままでは母親もともに親子三人で暮らしている。彼等に比べれば、いま昼御座で平然と政務を執られている主上のほうが孤独で、何倍と何十倍とおいたわしい。

けれど帝は自分の感情をほとんど面に出さないから、さほど痛痒を感じていないと人から誤解されてしまうのだ。もっとも誰からどう誤解されようと、本人はあまり気にしていない気もするが。

しかし真相を知る荇子は、もやもやする。

先日の小大輔との諍いのときもそうだった。男親などそんなものだと、間接的な帝への非難に対し、荇子はなにも言うことができなかった。帝は姫宮を心から愛し、紛れもなくその死を悼んでいるというのに。

荇子は立ち上がった。事情を知らぬ女房達に非があるわけではないが、これ以上、的外れな噂を聞くことに堪えられなくなった。

「昼御座のご様子を、うかがってくるわ」

きょとんとする女房達に愛想よく言うと、荇子は襖障子を静かに開いた。西廂から母屋に入ると、まず目に入るのは御帳台と几帳である。帝の平敷御座はその奥にある。荇子は几帳の前に膝をつき、ほころび（のぞき穴）から様子をうかがった。

繧繝縁の厚畳と唐錦の茵を重ねた上に座った帝は、公卿の話をあいかわらず気乗りしないふうに聞いていた。態度の悪さに最初はひやひやしていた荇子だったが、近頃はだいぶ悟った。昼御座と孫廂の間には御簾が下りているから、たとえ欠伸をしても音をたてなければばれはしないと。

「女房達もおびえております。ここは祈禱を行ったほうが、よろしいかと」

そう告げた声の主は、麗景殿女御の父親・一の大納言。その隣にもう一人公卿が控えている。御簾に映る影と座り位置から察して、おそらく左大臣だろう。泣き声の噂は、すでに公卿達の耳にも入っていた。

「するのは構わぬが……」

珍しく帝の歯切れが悪い。件の泣き声が若宮の御霊であるはずがないと知っているのだから、そうもなるだろう。

「まことにさような現象が起きているのか？　少なくとも私は気付かなかった」

「夜御殿は壁で囲まれた塗籠となっておりますから、主上の御耳には届かなかったのやもしれませぬ。されどあまたの女房達が同様に証言致しております」

「……なれば、さようにいたせ」

根負けしたように帝は言った。内心では馬鹿々々しいと思っているにちがいない。

二人の公卿が去ったあと、荇子は几帳の前にいざり出た。気配を感じたのか、帝は半身をそらして荇子を一瞥する。

「なんだ、そなたか」

「祈禱を請け負うご僧侶は、御霊を探してさぞ戸惑うことでございましょう」

「無駄にはならぬ。別に若宮でなくとも物の怪の一つや二つ、御所にはいるであろう」

なんとも不気味なことを、平然と言ってのけるものである。

閉口しつつも荇子は、内侍としての役目を果たすべく問う。

「なにか御用向きなど、ございませぬか？」

帝は顎の下に指を添えた。なければないで良いと思ったが、帝はしばし思案している。

やがてあまり気乗りしないふうに言った。

「今宵は、麗景殿を召す」

「一の大納言から、いやみでも言われたのですか？」

帝は露骨に顔をしかめた。当たらずも遠からずのようだ。皮肉の一つや二つ言われたからとて気にするような方ではないが、妃への対応には彼女達の父親の立場がかかわってくるから、なにか無視できないことがあったのかもしれない。

もっと近くにと帝が手招きをしたので、荇子は膝行をする。距離が詰まったところで、帝はぼそりと言った。

「ちがう。弘徽殿との釣り合いを考えてのことだ。陸奥国の目代の件があるから、しばらくは左大臣もなにも言わぬだろう」

「確かに左大臣は、最近元気がありません」

皮肉気な荇子の物言いに、帝は笑った。

陸奥国の目代が、地元の百姓達に虐殺されたのは少し前のことだった。原因となった苛政に左大臣がかかわっていたことを調べた帝は、それを材料に彼を押さえつけている。こうなると以前ほど弘徽殿を優遇する必要はない。

さりとて、別に麗景殿を寵愛しようというつもりもないだろう。なにしろ帝はどちらの妃にも思い入れがない。父親の権勢に比例して妃を遇しているだけだった。位を辞した先の中宮など、懐妊が分かる以前も含めると二年近く召されていなかった。だから人々は最後に召されたときに懐妊したのだろうと思っていた。

あのやりとりの後に麗景殿を召すのは一の大納言への優遇ではなく、左大臣への当てつけだろう。それを承知で荇子は言葉を取り繕う。

「麗景殿の御方達も、さぞお喜びになられるでしょう」

帝はあいかわらず気乗りしない顔をしている。

乗り気ではない共寝に際して、ひたすら我慢していれば女はそれで済むというのは経験のない荇子でもなんとなく分かっている。果たして男の場合はどういうものなのか、ふと思ったがさすがにそんな下品なことは訊けない。

けれど、いかに気乗りしない共寝であろうと子はできる。

男女がまぐわえば、ある程度の確率で子はできる。二人の女御はもちろん、左大臣も一の大納言も、それを待ち望んでいる。むしろ娘達より切望しているかもしれない。

（お子ができたら、どうなさるおつもりですか？）

早世した妻と娘に心を残したまま、愛してもいない妃が産んだ子供に帝がどのように接するのか、それを想像すると荇子は自分の胸にしつこく張りついた澱のようなものの存在を自覚する。

祖母の家で暮らすことを承知したとき、あからさまにほっとした父の顔と得意気だった継母と異母妹の顔は、近頃はずいぶんと思いだせなくなっていた。けれどまだ少し残像がある。それは未だに、多少なりとも荇子を不愉快にさせる。

小大輔が言ったように『男親なんてそんなもの』だとは思わない。

帝はまちがいなく娘の死に心を痛めているし、女親でも、先の上総太守妃のように子を偏愛する者は掃いて捨てるほどいる。そもそもそれを言うのなら、帝の子など母の地位によって偏愛される子供達の集まりではないか。

良き親ばかりではない。それでも子は育つ。

飲み食いをし、排せつをし、寝ることさえできれば、どんな子だって育つ。

多少の屈託があろうが、周りの作為がなんであろうが、恵まれていようといまいと、人は育つ。

強い——そう荇子は思った。

無事に生まれてここまで育ちながら、些細なことをいつまでも根に持つ自分が、芯から小さい人間だと嘲笑いたくなった。

夜も更け、御寝まであと半刻余となった頃。

麗景殿から、女御がとつぜんの月の障り（月経）で参上できないという報せがきた。伝えにきたのは小大輔だった。台盤所に控えていた荇子が、そろそろ寝所の準備をしようかと考えていると、格子の枠がこつこつと鳴った。いつもならまだ開けている頃だが、今宵は意外なほど夜気が冷たかったので早々に下ろしていたのだ。

掛け金を外してそっと押し上げると、強風に吹かれた風鐸のような勢いで、わっと虫の音が飛びこんできた。朝餉壺に植えた萩の枝葉のすべてにとまっているのではないかと疑うほどの響きであった。

格子を上げた隙間には、月明かりと釣り灯籠に照らされた小大輔の瓜実顔があった。この段階でなんの屈託もないとは言えなかったが、荇子が平然としていると向こうもおなじように冷静に事の次第を告げた。

「少し前に、急におなりになって」

「それではしかたがないわ。主上にお伝えしてくるから、少し待っていてくれる」

理由が理由だけに、帝が文句を言うこともないだろう。そもそもが気乗りしていないのだから、かえってほっとするのかもしれない。

しかし月の障りとなった女御にも遣いを果たした小大輔にも、おざなりでも慰労(いろう)の言葉くらいあるだろうから、早々と帰すわけにはいかなかった。

「分かったわ。待っている」

小大輔の返事を受けて踵(きびす)を返した荇子だったが、ふと思いついて足を止める。そうして格子をさらに押し上げ、簀子(すのこ)に立つ小大輔に「冷えるから、中に入って」と言った。

荇子に他意はなかったが、小大輔は決まりが悪い顔をした。しかし本来は聡明である彼女は、ここで断って空気を悪くするような真似(まね)はしなかった。

身を屈めて台盤所に入った小大輔は、懐かしそうにあたりを見回した。命婦(みょうぶ)として宮仕えをしていたとき、彼女は何度もここに出入りしていた。

「申し上げてくるわね」

「ちょっと待って」

小大輔が荇子の唐衣（からぎぬ）の袖（そで）を引いた。

「あなたにちゃんと謝らないといけないと思って」

「ああ……」

荇子はぎこちなく応じた。子供がいないと罵（ののし）られたことなど、最初から気にしていなかった。いまとなってはむしろ、小大輔の精神状態と麗景殿での立場のほうが心配だった。

「それは本当に気にしないで。落ちついているときのあなたが、そんな人じゃないことは承知しているから」

「でも……」

「それより麗景殿では大丈夫？　乳母君（めのとぎみ）がだいぶん怒っていらしたけど」

「それは大丈夫。現にこうして遣いを申しつけられているし」

「ならば良かった」

安堵（あんど）する荇子に、小大輔は憔悴（しょうすい）したように言う。

「あなたにもだけど、女御様には本当に申し訳なかったと反省をしているのよ。子を欲している方を前にして、あんな失言をしてしまうなんて」

「言ってしまったことはしかたがないわ。幸い女御様はお許しくださったのだから、これからは心を込めてお仕えしないと」

苻子の励ましに、小大輔は両手で顔をおおうようにして息をついた。

「子供の話題になると、自分でもどうしようもないの。あの子を亡くしてから二年も経つというのに」

「みな、分かっているわよ」

「でも自分が辛いからと言って、他人を傷つけていいわけじゃないもの」

確かにその通りだが、苻子は本当に傷ついてはいない。そもそも小大輔が言った言葉が不妊に悩む女性を傷つけるものかと訊かれれば、少し微妙な気がする。もちろん愉快ではないだろうが、怒りを覚えるのと傷つけられるのはちがう。

しかしもともとは理性的な小大輔は、精神不安定からの自身の横暴なふるまいに誰よりも戸惑っている。

（困ったな……）

かける言葉を探しあぐねていると、がらりと音をたてて隣の襖障子が開いた。

下長押のむこうに、二藍の御引直衣を着けた帝が立っていた。

またか、と苻子は閉口した。この帝は日頃は他人にあれだけ無関心なくせに、苻子が台盤所で話しているのを盗み聞きして、時折こうやって驚かしに来るのだ。もっともこっちも昼御座での公卿達とのやりとりや、朝餉間での過ごし方に聞き耳を立てているのであまり非難もできる立場でもないが。

この展開にはもはや慣れていたので荇子は驚かなかったが、不慣れな小大輔は目を円くしている。おそらく彼女は今上と面識はなかっただろうが、朝餉間で御引直衣を着ているのだから自己紹介をしているようなものだ。

あたふたしながら膝をつく小大輔を無視し、立ったままでいる荇子に帝は言った。

「いつまで油を売っている。言うことがあるのだろう」

「ご存じやもしれませぬが、麗景殿女御様は今宵お越しになれぬと」

「分かった。大事にするように伝えよ」

素っ気なく帝は答えた。さして残念でもなさそうな、むしろほっとしているのではと意地の悪いことを思ってしまう。身を案じる言葉を口にしたところから、月の障りという理由はしっかり聞こえていたようだ。

「し、承知いたしました。お伝えいたします」

恐縮する小大輔を、帝は気の無い表情で一瞥した。小大輔は顔を伏せ、退席しようと膝をついたままじりじりと後退する。小菜葱色の表着の裾が下長押に触れたあたりで「待て」と帝は言った。

「は、はい」

小大輔は顔をあげた。

「子を亡くしたのか？」

あまりに唐突過ぎる問いに、小大輔は即座に返答ができなかった。

ここで荇子が思ったことはひとつ。どこから立ち聞きしていたんだ、である。

呆然としながら、小大輔はぎこちなくうなずく。

「足掻いたところで、どうせどうにもならぬ」

「……」

「流れに任せて、無理に立ち直ろうとするな」

そう言うと、帝は踵を返して後ろ手で襖障子を閉めた。けっこう重たいものなのに、さすが男性である。

しんっと静まり返った台盤所で、小大輔はうっすらと唇を開けたまま襖障子を見つめていた。やがて彼女の白い頬に、つうっと一筋の涙が流れた。

それからほどなくして小大輔が落ちつきを取り戻すと、荇子は簀子の端まで彼女を見送った。

「これから麗景殿に戻るの？」

荇子の問いに小大輔は首を横に振った。

「主上が特に異論を仰せでなければ、そのまま自分の局に戻ってもよいと言ってくださったの」

「ああ、ではもう今日はあがりなのね」

紙燭の光が、小大輔の悪戯めいた表情を照らし出す。どこか歪で無理やり笑っているような痛々しさは残るが、力を尽くして負けた者のような清々しさはあった。

荇子は北側の正面にそびえる、藤壺の巨大な影に目をむけた。

麗景殿では曖昧になってしまっていたが、小大輔は結局藤壺に住むことになった。もはや北舎には居づらいだろうし、麗景殿も若干手狭なので他の女房にしわ寄せがくる。

しかしああして暗闇の中にさらに濃く浮かぶ巨大な影として見ると、良かれと思って勧めたものの、あそこに一人で住むのは不気味ではないかという不安もある。

「怖くない？」

「大丈夫よ。気楽でいいわ。今度遊びにいらっしゃいな」

朗らかに述べると、小大輔は藤壺へとつづく渡殿を進んでいった。次第に遠ざかり、やがて闇に紛れていく後ろ姿を荇子は見送った。

「少し元気になったかな？」

小大輔の姿が完全に見えなくなったところで、荇子は独りごちた。

帝のあの言葉を小大輔がどう受け止めたのかは分からぬが、響いたことは間違いなさそうだ。あるいは言葉の内容そのものより、子を失った親という共通の立場のほうが大きかったのかもしれないけれど。

「さて、戻るか」

自らに言い聞かせるように、荇子はつぶやいた。

独り寝が決まった帝のために、夜御殿の支度を整えばならぬ。着替えは命婦達に任せておけばよい。

くるりと踵を返し、藤壺に背をむけたときだった。

遠くから、細い泣き声が聞こえてきた。

荇子はぎょっとしてあたりを見回す。人影はない。もちろん赤子の姿もない。

鳥か猫か、あるいは采女町あたりから聞こえてくる女官の子供だろう。

人からその話を聞いたときは、そう一笑にふした。けれど現実に耳にしてみると思ったよりも距離が近くて、なにより人の子の声にしか聞こえなかった。若宮の御霊が彷徨っているのではなど、現実を知らぬ者達の絵空事はさておき、よもや捨て子などではあるまいかと不安を覚える。

「舎人(とねり)は……」

周囲を調べさせようと警固の者の姿を探していると、ふたたび泣き声が響く。先ほどより少し大きい。あるいは意識していたから、そのように聞こえたのかもしれなかった。

荇子は息を呑(の)む。泣き声は、あきらかに藤壺の方角から聞こえてきた。

帝のご寵愛(ちょうあい)が、弘徽殿から麗景殿に移りつつあるのかもしれない。

たった一度のお召しでそんな話になってしまったのは、それ以前から弘徽殿へのお召しが少しずつ減っていたからだった。

露骨ではなかったから、はじめのうちはその気ではないだけだろう、とか夏場でお疲れなのだろうという程度にしか認識されていなかった。なぜならその時点では弘徽殿と同様に麗景殿も召されていなかったからだ。

しかし久々のお召しに弘徽殿ではなく麗景殿に声がかかり、彼女が参上できないとしても弘徽殿を呼ぶことをしなかった。そういえば近頃、帝と左大臣(さだいじん)のやりとりがなんとなくぎこちない。これは左大臣が帝の不興を買ったのかもしれない。それゆえ今後は麗景殿のほうが優遇されるであろうというわけだ。

（いや、普通に突っ込み所が満載なんだけど）

女房達が作り上げた物語を聞いたとき、荇子は心からそう思った。

ぎこちないもなにも、そもそも帝は征礼以外の臣下とは距離を置いている。

陸奥国の件で左大臣はさらに距離を置かれたが、一の大納言に対する態度は以前と変わらない。つまり、けして優遇されているわけではないのだ。

麗景殿が月の障りでお召しに応じられなかったのなら、なぜ代わりに弘徽殿を呼ばなかったのかというのも、そうとう失礼だろう。

女御達は衣ではない。着ようと思っていた赤の衣装が汚れていた。さりとて裸で過ごすわけにもいかぬので、代わりに青の衣装を持ってこさせた。帝がこんな感覚で弘徽殿を召したのならさすがに軽蔑する。

にもかかわらず、父親の一の大納言がすっかりその気になって盛り上がっているのだというから呆れてしまう。家人に申しつけて選りすぐりの反物を集めさせ、帝の興味を惹きそうな書物や絵画を取り寄せさせ、腕利きの伶人（楽師）、舞人を集めさせたりしているのだという。なにもかも麗景殿を華やげるための小細工だ。

もちろん台盤所も、その話題で持ち切りだった。

「これは本格的に立后争いに参戦するつもりかもしれないわね」

「さすがにまだお決めにならないでしょう。女御はお二方とも御子に恵まれておられないし、姫君の入内を目論む他の公卿方が黙ってはいないわよ」

「でも、これまでは弘徽殿女御で決まりの気配があったけれど、ここにきて麗景殿女御が存在感を増したのは確かよ」

内裏女房達はどちらの妃にも思い入れがないから、好き勝手に話をしている。しかもこの刻は帝が昼御座にお出でになるので、距離があるのを良いことにけっこうな声をあげて話している。

「声が大きいわよ」

さすがに荇子は彼女達を咎めた。帝はいつ盗み聞きをしているのか分からないのに。とはさすがに言えない。幸いにして女房達は素直に口をつぐんだ。

それから本当にすぐ、小大輔が訪ねてきた。彼女が伴ってきたこぎれいな雑仕女は、幾種類かの唐菓子を詰めた檜破籠を手にしていた。

「大納言様が届けてくださったものですが、たんとございますので皆さまにお裾分けをせよと女御様が」

居合わせていた内裏女房達の頬がたちまち上気した。それほどに唐菓子とは美味でかつ高価なものなのだ。美しい器に形よく盛られた幾種類かの唐菓子は、食品というより細工物のようだった。

間近にいた一番若い命婦が檜破籠を受け取る。女房達が口々に礼を言う中、あらためて荇子は言った。

「ありがとう。女御様によろしく伝えてちょうだい」

「もちろん。こちらこそ、どうぞよしなにね」

親しみのこもった口ぶりに、女房達も先日の騒動などなかったことのように好意的にうなずく。うきうきと檜破籠を囲む女房達をよそに、荇子は小大輔にそっと話しかけた。

「麗景殿女御様も、あなたを召した甲斐があったわね」

「心をこめてお仕えしろと言ったのは、あなたでしょう」

とうぜんのように小大輔は、荇子の言葉の真意をすぐに理解していた。もちろん荇子も小大輔の目的を理解している。

立后争いにむけて、帝に近い内裏女房達を取り込みにきたのである。

もともと内裏女房だったから、こういうときの振る舞い方を承知している。ちょっとした騒動はあったが、当時は同僚からも慕われていた。しかも子との死別に離婚という不幸もあって同情も集めている。

　内裏女房とは距離があった、他の麗景殿の女房達ではこうはいくまい。まして高慢な弘徽殿の女房達では絶対に無理な振る舞いだ。

「女御様に、恩返しがしたいのよ」

　しみじみと小大輔は言った。

「あの失言を咎めずに、いまでも普通に接してくださっているのだから」

「麗景殿女御様は、お優しい方なのね」

　荇子が言うと、小大輔はちょっと首を傾げた。そうして言葉をさがすようにしばしの間を置き、やがて探り当てたというように口を開いた。

「優しいというのとは、少しちがうのかな」

「？」

「もちろん意地の悪い方ではないわよ。ただ細やかに気遣いをして下さるというより、程よく距離を取ってくださる方なの。そうね……無理に距離を詰めない優しさをお持ちの方」

　やや抽象的な表現だったが、荇子は小大輔の言わんとすることを解せた気がした。

　不幸な結婚で心の疵が癒え切れていない小大輔にとって、中途半端な同情はかえって苛立たせるものでしかないことを苻子は痛感している。その彼女に対して距離を取るという行為は〝冷たい〟ではなく〝優しさ〟なのだろう。

麗景殿女御の気持ちは分からない。あるいは単に無関心なのかもしれない。けれど中途半端な優しさより、いまの小大輔にはそのほうが幸いだ。優しさに少しでも自己主張が入ると、ひと目を気にして無関心には振る舞えない。

「そっか、良かったわね」

「ええ。あなたにも迷惑をかけたけどね」

小大輔は自分の胸をそっと押さえた。

「先日帝にお言葉を賜って以来、ずいぶんと気持ちが軽くなったのよ」

「え？」

「足掻いても無駄だって、そりゃあそうよね」

自嘲気味交じりではあったが、小大輔の表情には以前はなかった軽さがあった。足掻くことを諦め、哀しみの感情に素直に沿ってみると心が軽くなったのだという。疵は癒えていないはずなのに何故なのだろう――。

「足掻くという行為は、存外に心を疲弊させるものなのよ」

静かに小大輔は言った。言葉にしていない、苻子の胸の裡に答えるかのように。

「活気のあるときはそれでいいけど、哀しみに沈んでいるときはとても勝てない」

哀しみに沈む——苻子には、まだそんな経験がない。母が亡くなったときは、寂しいと哀しいの気持ちが曖昧なほどに幼かった。父の死にはかねてよりの屈託で、素直に悼むことができないままこの年になった。おぼつかないものを探すような、そんな頼りなげな苻子の顔を一瞥して小大輔は言った。

「覚えておいて。いつか役に立つかもしれないから」


祈禱を行ったにもかかわらず、泣き声を聞いたという報告は変わらず相次いでいた。しかも最初の頃はばらばらだった方角も、近頃では西北側の殿舎から聞こえてきたという証言に集中している。西北の殿舎とは、藤壺、梅壺、雷鳴壺の三つのことだ。これらの殿舎は南北に渡殿でつながっている。

藤壺以外の二つは、ここ数年来はずっと無人だった。その藤壺も、中宮が退いてからあの経緯で小大輔が入るまで、ずっと無人だった。

こうなると先日の苻子が聞いた声も、空耳ではなかったのかと思い直す。清涼殿で小大輔を見送ったあと、藤壺の方角から聞こえてきたあの泣き声だ。

「このうえは、なんらかの呪術を疑うべきかと」

帝の御前にて毅然と進言したのは、頭中将こと藤原直嗣だ。

橡の袍を着けた十八歳の青年は、左大臣の嫡男で弘徽殿女御の弟である。高貴な身分に加えて、姉とよく似た華やかで人好きのする容貌で、若い女房達の憧憬を一身に集める公達だった。いまも昼御座の付近に控える命婦達は、誰もかれもがうっとりと彼の白皙の面差しに見惚れている。たまたま御簾を上げているときに直嗣が参内したのは偶然だが、彼女達にはよき目の保養にちがいない。

その中で典侍・如子の目だけが、虫でも見るように冷ややかだった。たがいの実家が対立していたという理由だけではなく、どうにも如子は単純にこの青年とは反りが合わぬようだった。その証拠に、姉の弘徽殿女御に対してそこまで嫌悪を露わにすることはない。

呪術という不穏な単語に、帝は眉をひそめた。発覚すれば遠流ともなりうる重罪を、消去法だけを理由に断固として口にするのはいささか軽はずみである。

しかし帝の不快に、直嗣は気付く気配がない。感情が読みにくい帝の特性に加え、直嗣が人の機嫌にあまり気を配らないというのもある。名門北院家の嫡男として生まれ、容姿も才能も恵まれたこの青年のこれまでの生涯に、他人の顔色をうかがう必要はなかった。

後ろ盾のない親王として産まれ、東宮時代までさんざん冷遇されて過ごしてきた今上とは、生まれ育った環境が水と油ほどにちがう。その帝の屈託にまったく思い至らず、自分のような高貴なものがなぜ敬遠されるのかとしか考えないところに、この青年の蔵人頭としての不運があると荇子は思っている。

「是非とも陰陽寮に調べさせるべきかと」

「……調べることはかまわぬが、あまり大袈裟にせぬよう内密にいたせ」

帝は釘を刺した。不審な顔をする直嗣に、帝は二藍の大袖で口許を隠した。あの内側でこっそりと嘆息しているのだろう。

「いまのところ泣き声を聞いたという訴えだけだ。人が害されたわけでも、物が破損したわけでもない。実害がその状況で大事にする必要はなかろう」

「されど呪術であれば、どのみち重罪でございますゆえ」

嚙み合っていない。可能性だけで迂闊に騒ぐなという帝の真意を理解せずに、呪術という重罪を思いついた自分をまるで手柄でもたてたように考えている。思いこみでの冤罪とはこうして発生するのだろうと荇子は思った。

「なれば証拠をつかんでから騒げ」

半ば投げやりに帝は言った。不幸中の幸いは、この貴公子は浅はかだがあんがいに善良なことだった。己の手柄のために、見込み捜査から冤罪を仕立て上げるような悪行はしないだろう。

「では、早急に手配致します」

きりりとした所作で、直嗣がその意を告げたときだった。

征礼が簀子の南側に姿を見せた。殿上の間を経由してきたのだろう。速足で歩いてきていたが直嗣の存在にかしこまったように足を止める。

「失礼いたしました。お出でになられていることに気づかずに――」

「かまわぬ。この者の話は終わったところだ」

昼御座から帝が言った。直嗣の端整な顔が屈辱に歪む。蔵人頭というもっとも帝に近い地位にありながら、直嗣の信頼度は明らかに征礼の後塵を拝していた。それ以前に、かける声の温度が水と湯ほどにちがう。

「いえ、あの急ぎでは――」

「気にせずともよい。主上の仰せの通り、話はいま終わったところだ」

荒々しく立ち上がると、直嗣は孫廂を南側に進んだ。彼等の詰所である殿上の間がそちらにあるのだからしかたがない。

孫廂と簀子で幅を取りながら、すれちがうときに征礼は気まずげな顔をする。直嗣は毅然と前を向いているが、にじみでる苛立ちは隠せなかった。なにしろ足音があきらかに大きくなったのだから。

直嗣の姿が年中行事衝立のむこうに隠れると、征礼は気兼ねしつつ御前に膝をつく。

その寵臣に、気のないふうに帝は言った。

「気にするな。大方、姉の弘徽殿が近頃は奮わぬと言われたのを耳にして、一肌脱ごうと意気込んだのだろう。注目を集めたかっただけだ」

帝が麗景殿に興味を持ちはじめたというのは、弘徽殿への倦怠を意味している。左大臣がなにか機嫌を損ねたらしいという噂も手伝って、直嗣も女御も寵愛が移ることに懸念を抱いているのだろう。

直嗣に対する容赦ない指摘に、命婦達の間にぎこちない空気が流れる。なにしろ彼女達からすれば憧れの貴公子だ。

この場の空気を素早く読んだのは、如子だった。荇子に対してだけ留まるように視線で制したあと、全体を見回して言った。

「命婦達はいったん御下がりなさい」

この場にいる女房は、荇子と如子以外はみな命婦である。空気が悪くなっていたことを感じていたであろう彼女達は、疑問も不満も口にすることなく退席していった。昼御座に残る女房は、典侍・如子と内侍の荇子だけとなった。

「征礼、いかがしたか？」

帝が尋ねた。ふと思ったが、帝は征礼を官職名で呼んだことがない。藤侍従、ないしは藤少納言と呼ぶのが普通であろうに。何年も仕えているからほとんど乳兄弟のような立場になっているのかもしれない。

征礼は荇子の顔をちらりと見た。なにかを訴えるような眼差しは、すぐに帝にと動いたので真意を計ることはできなかった。

「件の泣き声にかんしてですが、気になる報告が――」

荇子と如子は顔を見合わせる。先刻までここにいた直嗣の口からは、これといった情報は出なかった。

「赤子を抱いた女が藤壺に入ってゆくのを見たという、僕の証言を得ました」

「藤壺？」

声をあげた荇子の近くで、如子は柳眉をひそめている。

泣き声を聞いた者が複数名いるのだから、赤子を抱いた者がいても不審はない。むしろ気配がないのに泣き声が聞こえるほうが怖い。

けれどその者が、藤壺に入っていったということが問題だ。

いま藤壺にいるのは小大輔一人。彼女付きの端女ぐらいはいるかもしれないが、小大輔の精神状態を考えれば、赤子がいる女を傍に置くとは思えない。

そうなれば、不審者である可能性は高い。

けれど小大輔は、そのような話は一切しなかった。藤壺という広い殿舎では、侵入者に気付かぬことはあるだろう。けれど辺りに泣き声が響いているのに、気付かぬということはさすがにない。

「藤壺って、あそこに住んでいるのは、例の麗景殿の新しい女房でしょう。いったいどういうこと？」

如子は困惑の色を隠さなかった。

もちろん如子も知っている。子供の死が小大輔の精神不安を招いていたことを。けれど彼女にも知らないことがある。古株の女房達の間でだけ、戯言のように囁かれていた、好奇心と悪意を交えた無責任な噂を。

それを思いだしたとたん、冷えた手で首筋を撫でられたようにぞくりとする。

そんな馬鹿なことが、現実にできるはずがない。あんなものは不逞の輩が近親者の死に打ちひしがれる者を騙すために行う邪道、いや、ただのいかさまだ。

「それは、いかなる意味か？」

帝が尋ねる。その問いに答える前に、征礼はちらりと荇子を一瞥した。

彼は、荇子と小大輔が知己であることを知っている。ひどく動揺する荇子を前に、征礼は腹をくくったように告げた。

「麗景殿のその女房には、死者に魂呼を行ったという噂があるのです」


「藤壺の泣き声が、魂呼でよみがえった子供のものだというの？」

そう問うた如子の顔は、さすがに青ざめていた。

荇子は言葉を失う。憑坐を介して死霊とやり取りをする話はたまに聞く。けれど呪術で肉体そのものがよみがえるなど信じられない。

そんな馬鹿なと言いかけて、しかし魂呼を話でしか知らぬ自分が断言できることではないと思いとどまる。そもそも禁忌だから、実際がどんなものなのか誰も公にはしていないのだ。

だが、とうてい信じられない。死した赤子が、泣き声のみならず肉体までも完璧によみがえるなど与太が過ぎる。

如子の問いに征礼は困惑げに答える。

「藤壺の泣き声の正体は定かではありません。私がお伝えしたかったのは、件の女房にはそのような曰くがあるということだけです」

「まあ、気持ちは分からぬでもないが……」

ぽつりと帝が零した言葉に、他の三人は身を固くした。

魂呼で本当に死者がよみがえるのなら、そうしたいと願う者はこの世にごまんといるのだろう。帝がその一人であっても、彼の状況を考えればなんの不思議もない。

「しかし禁忌だな」

帝の口ぶりには、なんの未練もなかった。

それゆえに、いっそう強い力で現実に引き戻された。

そうだ。いま重要なのは魂呼の能否ではなく、真偽でもない。

不可である。ただ、それだけだ。

内裏で姫宮の臨終を看取るという禁忌を犯した帝がこの言葉を言うのも皮肉だが、だからこそ彼は魂呼などを信じないのではないだろうか。姫宮の息が途絶え、次第に身体が冷たくなってゆく現場に立ち会えたから——。

妻子に対する哀惜は果てしなく強く、いまでもその哀しみは癒えていない。けれどその死は受け入れている。

色々と張りつめていた空気が、少し緩んだ気がした。

征礼が、話を切り出した。

「本来であれば妃の女房の不始末など、わざわざ主上の耳に入れることではありません」

確かに彼女達は、妃が雇い入れた私人で内裏女房のような官人ではない。その動向に帝がかかわる所以はない。

これが弘徽殿に仕える女房であれば、帝も征礼もかかわらなかっただろう。あるいは左大臣をけん制する材料にはしたかもしれない。

しかし麗景殿である。

この件があかるみに出れば、左大臣はここぞとばかりに政敵の不祥事を叩くだろう。ここ最近の旗色の悪さを取り戻そうと意気込んで。

「確かに妃の勢力にあまり差がつくのは、政の面では好ましくない」

言うほど困ってもいないように帝は言った。

如子は眉間にしわを刻んだ気難しい表情で思案している。ちなみにここにいる者達の中では彼女だけが、陸奥国目代にかんする左大臣の不祥事を知らない。けれど妃達の勢力にかんして帝がどのように思し召しなのかは、先の中宮に仕えていた如子はなんとなく感じているようだった。

「ゆえに公となる前に、事の次第を治めたいというわけでございますね？」

如子の問いに帝は首肯する。

「手っ取り早いのは、件の女房を早急に退出させることかと存じます」

「そんなっ」

荇子は声をあげて反論する。

「あくまでも噂です。確証もないのに、それだけで罷免などできるわけ――」

「あたり前よ」

あっさりと如子が言ったので、荇子は拍子抜けする。

「内裏女房ならともかく、麗景殿の女房よ。私達にそんな権利はないわ」

「そ、そりゃ、そうですよね」

如子の口ぶりは、馬鹿なことをと言わんばかりのものだったが、不快になるよりほっとする。離婚をした小大輔にとって、宮仕えは糧を得るための大切な手段だ。色々と問題がありはしたが、やはり古くからの友人だから安心して暮らして欲しい。

けれど小大輔が本当に魂呼を行ったとあれば、職を失うどころか罪に問われかねない。現在のことであればもちろん、過去のことであってもここぞとばかりに左大臣が追及してくるかもしれない。

「まずは藤壺から聞こえてくる、泣き声の正体を暴くことね。話はそれからだわ」

　まさしく正論を、如子が言った。うんうんとうなずいていた征礼が、思いついたように尋ねる。

「念のために確認をしたいのですが、典侍が藤壺にお住まいのときには、このような怪異はありませんでしたか？」

「ありません」

　如子は断言した。

「そもそも若宮様は里内裏で身罷られたのだから、今頃になってなぜあんな噂になっているものなのか、意味が分かりませぬ」

「それは私も同意です」

　二人のやりとりを、荇子はなんとも据わりが悪い思いで聞いた。

　出生に多少の疑念は抱いていても、征礼と如子は若宮が生きているなどと夢にも思っていない。ちらりと見ると、帝は彼等からわずかに視線をそらしている。そりゃあ、心苦しかろう。唯一無二の寵臣に秘密を抱えているのだから。

　そんな帝の思惑など気づかぬよう、征礼と如子は話をつづける。

「となると藤壺からの泣き声には、その女房が関与している可能性が高いですね」

「どういう形なのかはともかく、なんらかの関与はしているでしょうね」

この場にいる四人が、魂呼の能否をどのようにとらえているのかは分からない。

けれど重要なのは、そこでない。

魂呼の有無や能否にかかわらず、泣き声の正体を探ること。そしてそれが麗景殿の不祥事であれば、発覚を未然に防がなければならなかった。

こんなことで一（いち）の大納言（だいなごん）を失脚させてしまえば、せっかく押さえつけた左大臣の息を吹き返させてしまう。朝廷の権力の均衡を維持するためにも、それだけはさまたげたい。

その結果、小大輔が御所を去ることとなれば確かに心苦しい。けれど魂呼が本当に行われていてそれが発覚したのなら、小大輔には免職以上の厳しい処分が下される。しかし内密に済ませることができれば、少なくとも罪は問われないのだ。

泣き声の正体を探らなければ——。

荇子は腹をくくり、征礼と如子を交互に見た。

目があうと、二人はほぼ同時にうなずいた。


夜気を震わせるような虫の音に交じり、子供のぐずり声らしきものが聞こえてきた。

先を進んでいた征礼は足を止め、くるりと振り返った。

「聞こえましたね」

彼の後ろを歩いていた荇子と如子は、同時にうなずく。二人ともいったん局に下がったので重ね袿に着替えていた。荇子は黒味の強い青（緑）に白をあわせた黒木賊のかさね。上臈の如子は、紅の経糸と黄の緯糸で織りあげた朽葉の織色目の袿である。日の光の下では玉虫色に輝く美しい織物も、この暗さでは残念ながらあまり映えない。

征礼と荇子がそれぞれに持つ紙燭が、渡殿の柾目を浮き上がらせる。その先に建つ藤壺の殿舎は漆黒の夜空の中に、より濃い影としてそびえ立っている。

「藤壺に行くのは、二か月ぶりくらいかしらね」

如子が言った。先の中宮の退出により、藤壺は無人となった。そのすぐあとに如子は典侍となり、承香殿の東面に局を賜った。いまの発言から単純に考えれば、昔の住まいに一度も足を運んでいないということになる。下手に感慨にふけるよりも、その割り切り方がいかにも如子らしい。

ゆらゆらと揺れる紙燭の火の横で、征礼が問う。

「本当に、抜け道などあるのですか？」

「抜け道ではなく、正確には樋清が使っていた出入口よ。女房が使うことはないから、藤壺に入ったばかりの小大輔は知らないはずよ」

この二日間。征礼の主導で、夜間、藤壺付近に僕を待機させ、泣き声が聞こえたら知らせるように命じていた。昨日は空振りに終わったが、今宵は少し前に報告を受け、三人で藤壺にむかっているところである。

帝は荇子と征礼に動くことを命じたのだが、如子が「藤壺なら私のほうが詳しい」と主張をしたのだ。上臈にこんな労働をさせるなどどうなのかと思ったが、こういう知恵を授けられるとやはり頼りになる。

証拠を押さえるとなると、前触れなしに押し込むしかない。しかし夜間はよほど迂闊か不用心な者でもないかぎり、妻戸の掛け金を下ろす。権力で開けるように命じても、なんのかんのと時間稼ぎをされて、その間に証拠隠滅を図られる可能性もある。

さてどうしたものかと思い悩む荇子達に、如子が抜け道の存在を教えてくれたのだ。その場所は如子しか知らないので、こうして三人で向かっているのである。

渡殿から打橋を介して東簀子に上がる。女房が一人間借りをしているだけの殿舎では、中宮が住んでいたときのような複数の灯籠は下がっていない。そしてあんのじょうというか、紙燭で見える範囲の格子はすべて下りてしまっていた。

荇子は嘆息した。

「小大輔のことだから、掛け金を閉め忘れるということもないでしょうね」

「彼女がどのあたりに局を設えているか、聞いていないか？」

「ここでは知らないわ。梨壺北舎のときは訪ねたけど、美濃の件が起きてからは気まずくなってしまって」

「まあ、そうだな。あんな騒ぎになったのなら、誰だって距離を取るよな」

どういうふうに聞いたものか、征礼は呆れたという感情を隠さなかった。それで荇子はついかばうような気持ちで声を尖らせた。

「ものすごく恐縮していて、何度も謝ってくれたのよ。申し訳なく思っているのも、すごく伝わってはきたわ」

怒りよりも心配する気持ちのほうが強かったから、台盤所に唐菓子を持ってきてくれたときには、もう以前の感覚で話せてはいた。けれどあらためて話し合う機会もないまま、この事態になってしまった。

「こっちよ」

如子が西側を指さした。荇子達は如子の指示に従い、簀子を進んだ。

格子のむこうは暗く静まりかえっている。小大輔の局はこの方向にはないのか、あるいはすでに明かりを消してしまっているのか。

南西廊のあたりで、いったん土間に降りてから小さな木戸をくぐる。不慣れな場所である上に暗いので、ここが藤壺のどの付近であるのか、まったく見当がつかなかった。

木戸をくぐってすぐに、渡殿で聞いたよりもさらにはっきりと子供のぐずる声が聞こえた。

征礼の背がぴくりと震えた。荇子と如子は目を見合わせる。

「北廂ね」

声がした場所を、如子はずばりと断言する。圧倒的に頼りになる。なにしろ荇子は、そしておそらく征礼も、いま藤壺のどこにいるのかも分からずにいるのだから。

荇子の紙燭を如子が持ち、今度は彼女を先頭にして進む。明かりでむこうに気づかれやしないかと懸念したが、ここは西廂だからまだ届かないだろうと如子は言った。いずれにしろ現場に踏み込んだときに明かりがなくてはなにも見えない。

薄明かりの中で注意してみると、右側は壁となっている。塗籠である。なるほど。藤壺の構造を考えると、どうやらここは西廂のようだ。

できるだけ足音をたてないように気遣いつつ、速足で進む。ぐずり声は聞こえなくなっていたが「よしよし」とあやす女の声が聞こえた。

「行くわよ」

如子は袿の裾をひるがえし、躊躇することなく先に進んだ。甦りの子供かもしれないのに怖くないのですか？　などという問いは、あの挑発的な顔の前で愚問であろう。むしろ奇怪な出来事に接して、変な馬力がかかっているようにも見える。

母屋の先を右に曲がり、北廂に出るなり如子は紙燭を前に突きだした。なんと大胆なことを、と一瞬慄いたが、小大輔に気づかれる危険より、この場で証拠を確認すべきと判断したのならば理に適っている。

萱草色の明かりに照らされた北廂には、赤子を抱いた女人が座っていた。

驚愕のあまり口をぽかんと開けているその女人は、小大輔ではなかった。如子と征礼は怪訝な顔をしていた。二人ともほとんど面識はないはずだ。

しかし荇子は知っている。

「どうして、あなたがここにいるの？　美濃」

梨壺北舎で騒動を起こして間もない、新人下臈の名を荇子は呼んだ。

大殿油の揺れる明かりが、御簾や柱を萱草色に染め上げていた。

女四人と抱かれた赤子一人が、車座で語りあう。荇子と如子、美濃とその子供。そして騒ぎを聞きつけて、奥からやってきた小大輔である。

ちなみに征礼は、騒動の理由が魂呼ではないと分かった段階で帰っていった。帝に報告にいったのだが、こうなったら女房達の人間関係の問題である。

「ならばここ最近の夜泣きは、この子のものだったの？」

荇子の問いに、小大輔はしかめ面でうなずいた。美濃は完全に委縮してしまっていて一言も喋らない。しかし小大輔の陰に隠れるようにしておびえる姿は、二人の過去の経緯を知る者にはにわかに受け入れがたい。

「ごめんなさい。そんな騒動になっていたとは思わなくて」

「最近はあなたに子供の話題を出すことを、みなが避けていたからね」

「……そうよね」

荇子の指摘に、小大輔は恐縮しきりだ。元々の性格を考えたのなら、自覚はあったのだろう。あれだけ荇子にも謝罪を繰り返していたから、感情のままに叱りつけた美濃に対しても良心の呵責を感じていたはずだ。

「それで私にそうしたように、美濃に謝りにいったの」

「そこまではしていないわ。私が言い過ぎたのは確かだけれど、さすがにそれは決まりが悪くて……」

そこで小大輔は、自分の背後にいる美濃に目をむける。

「でもあのあと、この娘が夜の庭で子供をあやしているところを見かけたのよ」

「え？」

荇子と如子は同時に声をあげた。

夜更けに庭に出て子供をあやしていたというのなら、他の女房達に気遣って外に出たということか。しかし北舎で起こした騒動でたっぷりと絞られた美濃は、当分は子供を連れてくることはしないだろうと思っていたのだが。

如子が、にわかに眉をひそめた。

「あれだけの騒ぎを起こしたのに、どうしてまた子供を連れてきたの？」

声音は厳しい。過ちを繰り返すことを、如子は極端に嫌う。不可抗力であればしかたがないが、これはあきらかに故意だ。内侍司と麗景殿を巻き込んでひと騒動を起こしたというのに、また同じことをしたというのか。

如子の剣幕に美濃はすっかり恐れをなし、一言も口をきけないでいる。見兼ねた小大輔が身を乗り出す。

「あの、典侍……」

「私は美濃に訊いております」

口出しをぴしゃりと阻まれ、小大輔は息を呑む。しかたがないと荇子は思った。

かばおうとした小大輔の気持ちは分かる。如子を前に緊張した美濃は、荇子の目から見ても哀れだった。まして小大輔は負い目があるから、なお思うのだろう。

それでも、ここは美濃が自らの口で説明するべきだ。いかに年若いとはいえ、禄をもらって働く身なのだから。

美濃はおどおどと、しばらく口籠っていた。けれど揺るぎない如子の眼差しに、これはどうあっても逃れられぬと観念したのか、ついに話を切り出した。

「……あのあと、この子の乳母が身罷ったのです」

梨壺北舎での騒動のあと、美濃はわが子をすぐに乳母のところに戻した。ところがその数日後、乳母が頓死してしまったのだ。

美濃は子供の預け先に窮した。彼女に頼れる身内はいなかった。そうだろう。いるのなら出産から一年も経たずに働きには出ない。どういう環境なのかとも思わなかった。自分に子がいないのであまり気にしていなかったが、頼れる身内がないという点では、荇子と如子だって同じようなものだ。都の実家が継母によって売り払われたいま、荇子の里居先は大和の祖母宅しかない。

親、ないしは夫のいない女が母となれば、否が応でも困難はついて回る。けれど大抵の場合、親は先に亡くなるし、子までなした女を容易に捨てる男は掃いて捨てるほどいるから、美濃のように困窮する母親は常に存在する。

「昼間は采女町に住んでいる子供に、駄賃をやって、みてもらっていました」

しかし夜はどうあっても美濃がみなければならない。赤子を泣かせて周りに迷惑がかかるのは、曹司町でも采女町でも同じことだ。

寝入るまでは渡殿、場合によっては庭まで下りて子をあやした。夜更けにこっそりと局に戻る。けれど子供がぐずりだしたら、すぐに外に出るということを繰り返していた。逃げ先は西の殿舎。主がいない建物ばかりが建ち並ぶその周囲には、警固の者も含めて人がいなかったからだ。

ある夜、いつものように外で赤子をあやしていた。藤壺と梅壺を結ぶ二本の渡殿のうち西側のものは内郭に近いので、人目により触れにくい。下臈の新人である美濃は、如子と麗景殿女御の間でどんな話し合いがなされたかを知らなかった。ゆえに小大輔がそこに住むことになったなどと、夢にも思っていなかった。

紙燭を手に藤壺から出てきた小大輔を見たときは、息が止まるかと思った。先日の罵倒がよみがえり『すみません』と頭を下げて、あわてて逃げようとした。その美濃を小大輔は引き留めた。そうして子供を連れて中に入るように言った。他に人はいないから気にすることはないと。

「小大輔さんが、乳母が見つかるまでここで寝かせたらいいと言ってくださったのです」

美濃はようやく説明を終えた。緊張の為かしどろもどろでかなり拙かったが、如子は一度も表情を崩さず根気よく話を聞いていた。性格を鑑みれば「要点だけ話して」と言っても不思議ではなさそうだったのだが。

しばしの沈黙のあと、小大輔がようすをうかがいつつ口を開く。つい先程物を語ろうとして、如子に阻まれたばかりだったから緊張している。

「藤壺でしたら広うございますので、周りに気兼ねすることもないかと——私に与えられた場所は局の一画だけですのに、勝手をいたしまして申し訳ございません」

「あなたは他人の子供を見ることが、まだ辛いのではなかったの？」

如子は尋ねた。優しくも冷たくもない、極めて感情を抑制した物言いだった。

「辛いです」

はっきりと小大輔は返した。

「かつてのように、昼も夜もなく泣きつづけるようなことはなくなりました。それでも小さな子を見ると、やはり胸が締めつけられます。これではいけないと思って必要以上に明るくふるまってみても、なにかのはずみで容易に箍が外れてしまって……ご存じのように醜態をさらしてまいりました」

美濃を罵倒したことや、如子のわび状に対して不遜な言動を取ったことを言っているのだろう。

してみると、かつてのように昼も夜もなく泣き崩れる日々のほうが小大輔の精神は安定していたのかもしれない。中途半端に立ち直ってしまっているから、悲痛からしてしまった他人への八つ当たりを後悔するのだ。理性で感情の波を静められない自身の状態に、元が思慮深いだけになおさら困惑しているのではないか。

「このままでは周りの方々にも迷惑をかけます。どうしたらいいのか。どうしたら立ち直れるのかと足掻く日々でした」

静かな口ぶりの説明に、荇子の脳裡に先日の帝の言葉がよみがえった。

そこで小大輔は、俯き加減だった顔をすっと上げた。これまで彼女の顔にうっすらとかかっていた、澱んだ膜のようなものが拭いとられていた。

「けれど近頃になって、自分の哀しみに添い遂げる覚悟ができました」

「添い遂げる？」

如子は怪訝な顔をした。小大輔の言い分を単純にとらえれば、生涯哀しみはつづくということになる。つまり立ち直ることを諦めたということになってしまう。

しかしそうではないのだと、荇子は分かっていた。

足掻くという行為は疲れるものだと、小大輔は言った。そのときは漠然としか、その言葉の意味が分からなかった。けれど〝添い遂げる覚悟〟と告げたときの透明感のある表情に、荇子は小大輔の思いを見た気がした。

足掻くことを止めたことで、小大輔は哀しみを受け入れる体力をつけたのだ。

それはいくばくかの気持ちの余裕を生み出す。だから本来の性格を取り戻して、美濃を思いやることができた。感情的かつ思いやりのない自分の行動を恥じて、償いとして美濃の苦境に手を差し伸べることができた。本来の彼女であれば、そうしたであろうふるまいができるようになった——。

（え？）

とうとつに荇子は、小さな引っかかりを覚えた。しかし考えをまとめる前に、如子が尋ねた。

「さように辛いのであれば、もう少し気持ちが落ちつくまで休んでいたほうがよかったのではないの？」

「離婚をしましたので、自分で糧を得なければなりませんから」

小大輔は苦笑した。如子のように身分の高い女には、さぞさもしい理由だろうと自嘲しているのかもしれなかった。小大輔は如子の背景に詳しくない。先の内大臣の娘で、先の中宮付きの上臈であったとだけ聞けば、誰もが恵まれた環境を想像する。よもや自分と同じく寄る辺ない身だとは想像もしていないだろう。

実際には如子こそが、誰よりも小大輔の切羽詰まった懐事情を理解できるであろう。中宮の退出に伴って女房職を解雇された彼女は、一時期職を失った。頼れる身内のない女にとって、それがどれほどの不安であるのか想像に難くない。

それは美濃も同じだ。

寄る辺なき身ゆえの美濃の苦境を、小大輔は分かっていた。だから手を差し伸べた。そして如子も、たとえ小大輔と美濃が想像すらしていなくとも、その苦境を分かっているのだった。

「小大輔の君」

如子は呼びかけた。

「あなたがそれでかまわぬのであれば、今回の件で私から申すことはありません。藤壺はこれまでとおり、あなたの好きなようにお使いなさい」

小大輔の顔にあきらかな安堵の色がさした。

如子とて、釈然とせぬ部分はあるだろう。しかし小大輔は麗景殿の女房で、内侍司の管理下にはない。まして動機が、内裏女房である美濃に対する善意だった。こうなると厳しくも言いにくい。そもそも魂呼という邪道に関与さえしていなければ、どうでもよいというところもあるのだろう。

しかし美濃はちがう。

部下のこの失態に、如子は上司としてなにも言わないでおくわけにはいかない。

「美濃」

冷ややかな如子の呼びかけに、美濃はびくりと身を震わせた。

「北舎の女房達が、なぜあなたに激怒したのかを分かっている？」

「それは、皆さまのお休みを妨げてしまったから……」

「確かにそうね。でも一番問題だったのは、あなたが周りに一言も断りも入れずに子供を局に入れ、そのあげくに騒がせたからよ」

「……」

「童ならともかく、赤子は泣き止ませようと思って泣き止ませられるものじゃない。そんなことはたいていの人間は分かっているわ。だからあなたが赤子を泊めると先に断りを入れていたのなら、敬遠する者は他所に避難するだろうし、それ以前にあなたに北舎ではなく別のところで過ごすように口添えすることもできたわ。いまの御所は比較的空き室が多い。一の命婦にでも相談すれば、どこかの離れた局を使わせることは可能だった」

如子の叱責はまったく理論的だった。女ばかりが住む内裏では、子供に関与した諍いは頻繁に起こる。けれど大抵はお互いさまとして目をつむれる。そうでないのは行動がよほど目に余るのか、あるいは母親にあきらかな落ち度があった場合である。

「でもあなたはその労を執らず、そのあげく周りに迷惑をかけた。北舎の者達はそれで怒っていたのよ」

「……」

「今度のことだってきちんと事情を話しておけば、乳母が見つかるまでぐらいなら融通はつけられたでしょう」

如子の正論に、美濃は赤子を抱いたまま項垂れていた。憔悴しきったその姿に、さすがに苻子は可哀想になってきた。

確かに美濃は浅はかだったが、あれだけ怒られたあとではなかなかその勇気も出せなかっただろう。まして宮仕えをはじめてひと月余りしか経たない十七歳の娘である。

だからこそ、この場を収められない。

おそらくだが如子には、これ以上言うことはないのだろう。相手の落ち度を容赦なくつきはしても、ねちねちといたぶるような真似はしない人だ。だからここで一言「申し訳ありません、以降気をつけます」とでも言えば終わるのに、美濃はすっかり項垂れ、どうしたらよいのか分からないでいる。

落としどころを失った場の空気が停滞する。

もちろん、本人に解決させるのが理想だ。しかし——美濃に対する同情と苛立ち。夜も更けてもう眠い。もう局に帰りたいという思いが荇子を動かした。

「黙っていないでなにか言い——」

「分かりました。内侍として、これからはきちんと女房、女孺達を管理采配いたします」

あきらかに苛つきはじめた如子の発言を遮り、荇子は声をあげた。

如子は毒気を抜かれたような顔になり、美濃は救われたように荇子を見る。甘えるなと叱りつけてやりたかったが、状況が落ちついてからゆっくりとあらためさせよう。いまとやかく言ったところで、おびえと緊張でどうせ理解できない。

不慣れな相手に対する指導とは、そういうものだ。如子は自分ができすぎるから、そのあたりの匙加減がまだ分かっていない。彼女はとても正しい人だが、ほとんどの人間は失敗を繰り返す。特に若いうちはしかたがない。だから如子に理想の上司となってもらうには、叱り加減というものを習得してもらわねばならない。

（このあたりが、落としどころですよ）

そんな思いで目配せをすると、如子は美しい口許に不満の片鱗を残しつつも渋々うなずいた。

ふと見ると小大輔が、かみしめた笑いを隠そうとするように顔をそむけていた。

彼女はかつて、いまの荇子と近しい立場にあった。そういえば宮仕えをはじめて間もない頃に失敗をしたとき、こうやって小大輔に場を取り成してもらったことを荇子は思いだした。

夜な夜な聞こえていた泣き声の正体が、美濃の子供だと分かったことで内裏は落ちつきを取り戻した。また、やらかしたのかという反発の声もありはしたが、迷惑をかけぬようにと夜中に外に出てあやしていたという話を聞くと、人々の感情はやはり同情のほうが勝ったようだ。

しかもそれを助けたのが小大輔だというから、なんとも胸にせまる話だと後宮の女人達(にょにん)は口々に感動の言葉を語る。そうこうしているうちに新しい乳母を見つけた美濃は、小大輔に礼を述べて北舎に戻っていったのだった。

中秋(ちゅうしゅう)の名月(めいげつ)から数日が過ぎて、いくばくか欠けた居待ち月(いまづき)の夜。

荇子は藤壺まで、小大輔を訪ねた。

「よく来てくれたわね。実は美濃がいなくなって、少し寂しかったのよ」

などと上機嫌で語りながら、小大輔は中腰になって灯台の油を確認していた。荇子は彼女にむきあって座っていた。

「そうじゃないかと思っていたわ」

「あら、やっぱり分かる？」

「――寂しいからといって、二度と変なことをしてはだめよ」

荇子の指摘に、小大輔は油皿から視線を上げた。

わずかに強張（こわば）った表情が、すぐさまわざとらしいほど穏やかな笑みにと変わる。

「もちろんよ。子供じゃあるまいし」

「それなら良かった。実は、あなたが魂呼をしたのではという噂（うわさ）が広がっていたので心配していたのよ」

「いやね。そんなものは、ただの噂よ」

直截（ちょくせつ）な指摘に小大輔は大袈裟（おおげさ）に破顔（はがん）した。

「そりゃあ、そうよね」

荇子は返した。

「仮に本当に魂呼をしていたとしても、今回の騒動であなたに疑念を抱く者はいなくなったから安心よね」

あからさまな当てこすりにも、小大輔は微塵もたじろがない。それどころか、してやったりとばかりの得意げな顔をしている。

したたかなものだと、内心で苻子は畏れ入る。

どうにも不自然だと気付いたのは、如子の美濃への説教を聞いたときだった。

赤子の存在を隠すのではなく、北舎の女房達にきちんと説明をするべきだった。そうしたら、こんな大事にならなかったのにと如子は言った。

まったく適切で、それが一番常識的な手段だった。

そんなあたり前のことを、小大輔のような良識的な女人が気付かぬはずがないのだ。

小大輔の人となりをよく知らぬ如子は、微塵も疑っていなかった。なにしろ彼女にとって小大輔は、人前で美濃を罵倒した精神的に不安定な女人でしかないのだから。

けれど苻子は、もともとの思慮深い人となりを知っている。小大輔が本当に美濃をかばおうとしたのなら、如子が言った方向で説得をするはずなのだ。

だが小大輔は、赤子を藤壺に隠すように促した。

美濃の世間知らずを良いことに、あきらかに不自然な方向にと事を導き、魂呼を行ったという自身への疑念を再燃させた。

こうなれば、いずれ調べが入ることは目に見えていた。

実際に帝の命で、荇子達は藤壺に入った。

そうして実態をあきらかにすることで、小大輔は自身にまつわる疑念を強く否定した。今後はよほどのことがないかぎり、魂呼で彼女が疑われることはないだろう。これで小大輔は職を失わずに済む。

もちろん小大輔が本当に魂呼をしたのか否(いな)かの確証はない。だが、おそらくしたのであろう。でなければこんな策を練(ね)ってまで噂を否定しようとしない。

だから荇子は釘を刺したのだ。二度と変なことをしてはだめよ——と。

魂呼を行っていたことが露見したら、間違いなく馘首(かくしゅ)となる。そして一度禁忌(きんき)に手を染めた女を、まともなところは雇ってくれない。

子供を喪(うしな)って哀しみにくれているときは、そんな現実的なことを考える理性は働かなかった。だから邪法に手を染めた。けれど少しずつでも日常を取り戻してくると、自分が犯した大それた行為に不安を抱くようになってくる。

魂呼を行ったことが露見したら、女房としては身の破滅である。それゆえ小大輔は、自身にまつわる噂を完全に否定するため、美濃の幼さと愚かさを利用したのだ。美濃への同情と自身の保身への計算を同時に働かせるこのしたたかさは、それだけ小大輔が立ち直りつつある証(あかし)だと考えると心強い。

荇子は子供がいないから、親の哀しみは分からない。だから友人に対して、帝のような心に沁(し)みる言葉を言ってやることはできない。

けれど女が一人で生きていくことの、知恵と厳しさは知っている。

それゆえに荇子はかつて如子を助けたのだし、その如子は今回の件で、小大輔と美濃を穏便に処すことで彼女達を救った。小大輔も利用した部分はあったが、なんのかんのいっても美濃の苦境に手を差し伸べてやったのだ。

ならば自分も小大輔の策略を見て見ぬふりをしようと、荇子は思った。共に寄る辺(よべ)ない女同士は助け合うべきだ。

建具の隙間(すきま)から、冷たい夜気が吹きつけてきた。

ゆらっと一度揺れたあと、消えるどころかさらに大きくなった灯火が小大輔の白い面(おもて)をまばゆく輝かせた。

「末永く、どうぞよしなに」

いとも淑(しと)やかに小大輔が告げたので、荇子は苦笑交じりにうなずいた。

2章
玉衣（たまごろも）

三年ぶりに博多津に入った唐土の商人から、大宰府を経由して帝への献上品が届いたのは葉月末の頃だった。商人が日本での商いを円滑に行うための個人的な贈答品は、言ってみれば袖の下である。

朝餉間で目録を眺めていた帝は、途中で思いっきり眉をひそめた。

簀子に控えていた荇子は、その変貌に素早く気づく。

「いかがなさいましたか？」

帝は目録を突き出した。荇子はいざりよって朝餉間に上がった。

手渡された目録はしっかりした陸奥紙で、丁寧な行書で品目が羅列してある。漢籍や香木、瑪瑙に玻璃の器等々の豪華絢爛な唐物（船載品）の名称は、その文字を追うだけで胸が躍る。いったいなにが気に食わないのかと疑問に思っていると、察したのか「五列目を見てみろ」と命ぜられた。

視線を動かすと『唐呉藍地金糸唐花文様入錦』と黒々と記された先に『皇后宮』の文字があった。中宮への献上品という意味だ。商人の前回の入港は三年前だったから、ひと月前に中宮が退いたことを知らなかったのだろう。

「無視してよろしいのでは？」

あっさりと荇子は言った。なまじ中宮宛てだと断定すると、唐錦の処遇を巡って弘徽殿と麗景殿の間でややこしいことになる。けれど目録を見せなければ、帝に献上されたうちの一品となって別に問題はない。

「そうしたいところだが、面倒なことに蔵人所がすでに目録に目を通している」

なるほど、それは面倒だと荇子も同意する。

つまり蔵人頭である直嗣が、中宮宛ての唐錦の存在を知っているのだ。弘徽殿女御の弟である彼の目にとまったのだから、この件はとうぜん左大臣の耳に入るだろう。他の蔵人達も黙っていない。というよりもはや公卿殿上人達の間では、唐錦の存在はすでに知れ渡っているかもしれなかった。

「しかも十三夜の月見の衣装としていかがですか、などと添え書きがついていたらしい。唐国では後の月見は行わないというのに、よく知っていたものだ」

「そうだったのですか⁉」

荇子は変なところで感心をした。

長月の十三夜の月見。八月十五日の月見と比較して、後の月見と呼ばれるこの宴は、日本独特の習慣だった。唐物商人がどこの国の者なのかは存ぜぬが、三年ぶりに入港したというのだからおそらく日本人ではないだろう。

「必ずしも女御方のどちらかに渡さずとも、主上がお受け取りになられては？」

「唐呉藍地金糸唐花文様入錦など、私には不要の品だ」

着用という点で考えれば、その通りである。黄櫨染御袍に青色御袍。実際に目にしたことはないが赤色御袍に、いま召されている御引直衣と、帝の装束は四種類しかない。

「別にお仕立てにならずとも、反物としてお持ちになられていればよろしいのでは」

「なにかに仕立てておかないと、動向をめぐっていつまでもなにか言われつづけるぞ。中宮に立てた者に、いずれ下賜するつもりなのであろうと」

確かにそんな面倒なものを、いつまでも内蔵寮に置いておくなどぞっとする。早いところ誰かに渡してしまったほうがのちの禍はない。渡す相手を間違えたら、とんでもない後腐れになりかねないが。

「いっそのこと皇太后に、先月の落飾の慰安として渡すか」

「止めてください。生き霊になって祟られかねません」

叱りつけるように言ったのは、苻子ではなかった。

散りはじめた前栽の萩の花を背に、簀子に姿を見せたのは征礼だった。梔子と蘇芳で染めた五位の緋色の袍は、近頃の肌寒さを受けて袷になっている。

征礼は珍しく荒い足音をたてて近づいてくると、帝の御前の簀子に座った。

「そもそもつい先日落飾なされたばかりの方に唐錦など、皮肉でしかありません」

皐月に皇太后が参内したとき、帝への取り次ぎを巡って、征礼は彼女からかなり責められた。あのときの苦労を思いだせば、頼むからこれ以上刺激してくれるなという気持ちにもなるだろう。まして皇太后の出家は、かねてより本人にその意向があったとはいえ、ほぼ騙し打ちのような形でさせてしまったのだから。

「長々居座られ、さんざんごねられたあげくようやく退いていただいたのですから、不用意な行動で刺激をなさらないでください」

寵臣の抗議にさすがに反省をしたとみえ、帝は珍しく神妙な顔をした。しかし征礼はいっさい取り合わず、けっこう強い口調で諫言をつづけている。いかに忠臣の征礼でも、皇太后の件で矢面に立たされたことには、相当に辟易していたようだった。

ひとしきり文句を言い終えたのち、征礼は吐息とともに肩を落とした。

「すでに唐錦の件は、公卿殿上人の間に知れ渡っております」

帝は顔をしかめた。目録が蔵人所の目に触れたと分かった段階で、ある程度の覚悟はしていたが、こうして断言されるとやはりげんなりとする。

「いかがなさいますか？　『唐物御覧』まで、あと何日もございません」

荇子は、帝と征礼の顔を交互に見比べた。唐物御覧とは文字通り、献上品の唐物を帝が御覧になる催しだが、いくばくかの品物は配下に下賜されるのが恒例となっている。つまりその日までに、件の唐錦の行く末を決めなければならないのだ。

朝餉間にて、三人はしばし鳩首をする。

帝は、自身の母親が住持をしていた尼寺に寄付してはどうかと言った。皇太后に贈るなどと挑発的なことを言っていたわりにはまともな意見である。

帝の母は先々帝の女御で、すでに故人である。息子が即位をしたので皇太后に追号されても良かったのだが、あいにくつい最近まで先述の皇太后がその座を占めていた。

三后（皇后・皇太后・太皇太后）は、同時に一人ずつしか立てることはできない。配偶者がちがっていても関係がない。故人ということで特例として扱えるかもしれないが、慣習的に、皇太后が在位しているかぎり、帝は母親に追号することを躊躇っていた。

しかし皇太后は先日出家をしたので、近々のうちに皇太后宮職が停止される予定となっている。すなわち后妃待遇ではなくなるので、帝は実母を皇太后に立てることができる。

この件を帝がどのように考えているのかは分からぬが、皇后宮のための唐錦を縁の寺に納めることは、あるいは生母への追号の布石にはなるかもしれない。

「確かにそのように計らえば、左大臣も一の大納言も大きくは反論いたさぬでしょう」

征礼は言った。完全に封じ込めることは無理でも、どちらかの妃を選ぶよりもずっと角が立たない。

とはいえ、まったく懸念が残らぬわけではない。

「でも落飾した皇太后様は、まちがいなく神経を逆撫でされるわよ」

「……だな。方向としては良しだけど、せめてもうちょっとだけ間を置きたいな」

「もう三月もたっているから、かまわぬだろう」

呑気に帝は言うが、荇子と征礼は揃って強固に首を横に振った。もしも皇太后が癇癪を起こして突撃してきた場合、その対応をせねばならぬのは内裏女房の荇子と、帝の寵臣たる征礼なのだから。

自身の意見を、臣下二人に否定された帝はちょっと不貞腐れた顔をした。そんな顔をされても、なにかあったときの尻拭いをするのはこちらなのだから、知ったことではないとばかりに、荇子と征礼は完璧に無視をした。

結局は籤が一番あとくされがなかろうという、いたって無難な結論となった。

外れた側には帝から別の錦を下賜することにして、いかに不服であろうとそれで終わりにしてもらうしか術はなかった。中宮位がひとつであるのだから、中宮に献上された唐錦もひとつしかないのである。

いったん内侍所に戻ったあと、荇子は文台の前にいた如子に声をかけた。

奏書の整理と確認を行っていた如子は、作業の手を止め、唐錦の処遇にかんする荇子の説明を聞いたのだった。

「さような事情で、典侍様に代わりの錦を選んでいただきたいと主上が仰せでございます」

「私よりも織部司の挑文師達のほうが、錦にかんしては目が肥えているのではないの？」

単純に疑問だというように如子は問うた。織部司とは名のごとく織染を扱う官衙で、挑文師とは常駐の官吏である。彼等は文様作成や配下の職人への指導を行う技術者だった。

「確かに錦の質にかんしては、彼等の慧眼に勝る者はおらぬやもしれません。されど若い女御様方が好む柄を選ぶとなれば、同世代の典侍様にお任せした方がよいのではないかと主上の思し召しです。それに内蔵寮の在庫から選んでいただければ、もとより粗悪な品はございませぬゆえ」

御所の財物を管理する内蔵寮には、最高級の宝物の数々が保管されている。その在庫から選ぶのであれば品物にまちがいはない。あとは趣味の問題である。となれば熟練の職人に選ばせるより、同年代で同性の如子に選ばせたほうが、籤に外れた女御の趣味にあうものになるだろう。

「そういうことなら、もちろんお引き受けするわ。ただ比較の対象として、件の唐錦を目にしておきたいのだけれど」

「唐物御覧のために、内蔵寮から後涼殿に移しているはずです。ご案内いたしますが、いまからでも大丈夫でしょうか？」

献上された唐物の一部は後涼殿の納殿に移していたので、唐錦もそこに保管してあった。

荇子の誘いを如子は了解し、二人は一緒に後涼殿に向かった。残りの奏書の整理は長橋局に任せた。元々は彼女が中心になって行っていた業務である。

北廂に入り、回りこんで枢戸を開ける。献上品の唐錦は大変な貴重品なので、普通の棚には置かず塗籠に納めてある。薄暗い中には大ぶりな棚が設えてあり、荇子は目の高さの棚から平箱を取り出した。

「こちらです」

被せていた平絹を外した下には、目録に記されていた通り唐呉藍の錦が一反。

如子は懐の畳紙で手を拭いてから、箱の上で反物の一部を広げた。

黄味を一切含まない純粋な紅色は、総柄の地紋の上に、金糸を基調に、銀糸、翡翠等の色糸で大きな牡丹の文様が織り出されている。

「これはまた、目も眩むばかりの豪華さね」

と見下ろす。
滅多にものを褒めない如子も、さすがに素直に感嘆の言葉を述べた。そのまま錦をじっ

「なるほど。織文様ではなく縫文様（刺繍）なのね」

「え、そうなんですか？」

知った顔で案内をしたが、実は苻子も錦の柄ははっきりと見たことがなかった。

如子は布から指を少し離した位置で、紋様を指さした。

「よく見たら分かるわよ。ほら」

「あ、本当だ。浮織だと思っていました」

浮織とは織文様の技術で、経糸を緯糸にからませずに織り出すので刺繍のような立体感が表せる。それはそれで非常に卓越した技術なのだが、やはり刺繍のように何種類もの糸を使った大掛かりな文様は難しい。どちらが優れているかという話ではなく、特性の問題である。

「これを小袿に仕立てあげたら、さぞ華やかなものとなるのでしょうね」

「確かにね。先の中宮様には、これはお似合いだったかもしれないわ」

しみじみと如子は言った。

とうぜんながら唐物商人は、先の中宮に拝謁したことはない。だから個人に似合う物を

選んだわけではなかったのだろう。

けれどあの凍てついた中に咲く寒牡丹のような美貌の女人であれば、この豪奢な錦もなんなく着こなせたにちがいない。

見たかった気もする。あの峻厳なまでに美しい女人が、この華麗な錦をまとう姿を。

如子はなにか思うように間を置いたのち、いつもの辛辣ぶりを取り戻した。

「けど、麗景殿女御にこの錦は似合わないわよね」

「……」

言いにくいことをはっきりと言うのはいつものことだが、同意を求められても困る。それで荇子は答えをごまかした。

「似合う、似合わないではなく、お好みでよろしいかと存じますよ」

「まあ、確かにあの方はわりと派手好みのようだから、錦自体はお気に召すかもしれないけれど」

「弘徽殿女御様も、華やかなお召し物をお好みのようですが」

「あの方はお似合いだからね。山吹色や赤朽葉が一番お似合いだけど、蘇芳や紅梅も悪くないと思うわ。お可愛らしい方だから、柔らかくて温かみのある色がお似合いなのよね」

何様だと問い返したくなるような言い草だが、的は射ている。

弘徽殿女御は八重咲き（やえざ）の桃花を思わせる愛らしい女人で、先の中宮とは異なる種類の美貌の持ち主だった。先の中宮ほどしっくりとしなくても、彼女であればこの華やかな錦もうまく着こなせるだろう。

もちろん籤で決めるのだから、どちらの女御がこの錦を得るのか分からない。しかし麗景殿女御が得た場合、着こなしている絵が浮かんでこないのが正直なところだ。

「ともかく、これと同じ格の錦を内蔵寮で探せばいいのね」

「こんな華やかな錦と、同等のものがございますでしょうか？」

荇子は平箱の中の錦をあらためて見下ろす。

異国情緒（じょうちょ）が過ぎて価値の想像ができないが、とにかく手が込んでいることだけはまちがいない品だった。

「内蔵寮に行ってみなければ分からないけど、下手（へた）に唐錦（からにしき）を選んで比較するより、織部司で織り上げた逸品のほうがいいかもしれないわよ。挑文師に来てもらって、彼らの意見を聞きながら探してみましょうか」

とうぜんのように如子は、荇子に同行を求めてきた。立場上その義務はあるかもしれないが、おそらく自分が行っても役に立たないだろうと思った。なにしろこちらは二陪織物（ふたえおりもの）どころか、唐衣（からぎぬ）には綾織（あやおり）の着用すら許されない中臈（ちゅうろう）なのだから。

いったんそれぞれの局に戻り、御所を出るための仕度を済ませる。内蔵寮は大内裏にあるので、出向くことは女房にとってはまあまあの手間だった。まずは唐衣裳を解かねばならない。そのあと袿をたくしあげ、被衣をかぶって顔を隠す。袴は脱いで草履を履く。そのいで立ちとなって、荇子と如子は北の朔平門から御所を出た。僕と女孺に案内をさせた距離はさほどではなかったが、いかんせん外を歩き慣れぬので鼻緒が拇指の付け根で少し擦れる。

それなりの骨折りをして足を伸ばした内蔵寮で、如子は同席させた挑文師達の意見を聞きながら錦を吟味していた。

「紅は避けた方が無難よね」

「そうですね。どうしても比較してしまいますから」

意外なほど真剣に吟味したあと、如子は一反の錦を選びあげた。

葡萄染唐花唐草の地紋に、紅梅と銀の糸で蝶の丸文を上文様として織り出した豪華な二陪織物だ。物珍しさも含めて目を惹くという点では献上品の唐錦に劣るが、織部司の職人が腕によりをかけて織り上げた、若く高貴な女人にふさわしい華麗な一品だった。

「これは素敵ですね」

素直に荇子は称賛した。唐錦を目にしたときは、その美しさに感動しながらも「こんなもの、誰がどうやって着こなすのか」と思ったが、こちらの反物は素直に「袖を通してみたい」と思える品だった。もちろん荇子の身分で二陪織物をまとうことはできないから、あくまでも憧れに過ぎなかったのだけれど。けれど若い二人の女御達も、あんがい個性の強い唐錦よりもこちらのほうが好むのではとひそかに考えたのだった。

翌日、思いがけない報せが届いた。

麗景殿女御が、籤引きを辞退すると申し出たのである。ゆえに唐錦は弘徽殿に譲ってもらってかまわないということだった。

台盤所で話を聞いた荇子は、即座に不審を抱いた。

「どうして急に？」

荇子の問いに、弁内侍はさらりと答えた。

「唐錦の意匠を噂で聞いて、自分の好みではないと思ったのではない？」

「そうかなあ？　だって麗景殿女御様って、お召し物を見るかぎりはけっこうな派手好みじゃない」

「確かに言われてみればそうよね」

などと首を傾げはしたものの、余計な諍いを避けられるのはありがたいことだった。

同じことを皆が思ったとみえて、午後になると内裏の者達はこぞって麗景殿女御の賢明さを褒めたたえていた。

もちろん帝も例外ではなく、話を聞いたときはあからさまに胸を撫でおろしていた。

こうなれば早いうちに感謝の意を示さねばという帝の命を受けて、荇子は如子が選んだ錦を届けに麗景殿にと向かった。

御前に通された荇子は、折敷に載せた錦を差し出す。

「このたびの女御様の賢明なお振る舞いに、主上はいたく心を打たれたと仰せでございました。代わりの品と申してはなんでございますが、是非こちらの錦をお受け取りいただくようにと主上の思し召しでございます」

以前訪ねたときと同じように、麗景殿女御は脇息にもたれていた。小袿の織色目は女郎花。文様のない『無文織物』だが、黄色の経糸に萌黄の緯糸で織り上げた玉虫色の高級織物だ。実は奢侈品として禁じられているのだが、先日も如子が着ていたように守っているものは少ない。身分の低い者であれば咎められるが、女御や上臈であれば分相応というやつだった。

女房の一人が折敷を持って、麗景殿女御の目前に置く。

染め、織りともに文句がつけようがない逸品に、女房達は感嘆の声をあげる。

しかし麗景殿女御はちらりと一瞥しただけで、抑揚のない声で言った。

「さようなものは、必要ありません」

耳を疑った荇子が顔をあげると、麗景殿女御はすでに反物から目を逸らしていた。焦っていたのは女房達だった。

「に、女御様。なんということを」

「主上のお心づかいでございますよ」

「よく御覧ください。かように見事な錦でございます」

「承知しています。けれどそれは内蔵寮の品という話。つまりは国庫。そこからかような奢侈品を受け取ることは、妃の立場として心苦しいのです」

想像もしない言い分だったが、理由としては申し分はない。常日頃から豪華な衣をまとっているくせになにをという反論は値しない。なぜなら妃達の持ち物のほとんどは実家で準備した物で、それは当人ないしは家族が受ける禄。あるいは家の荘園収入から贖っているからだ。

対して内蔵寮の御物は、諸国より貢献された物だから、麗景殿女御が言うようにまさしく〝国庫〟なのである。しかし下賜品や禄は国庫から調達されるものだから、麗景殿女御の言い分は謙虚と言えば聞こえは良いが、屁理屈とも言えた。

とはいえ二十二歳とまだ若い女人が、そのような理由で人も羨む華麗な下賜品を退けるとは、これはまさしく賢女である。

周りを囲む中年の女房達の目に、尊敬と感嘆の色が浮かぶ。この調子では誰かの入れ知恵をいうわけでもなさそうである。

（となると、本気でそう思っているの？）

小大輔は麗景殿女御のことを、特有の優しさを持つ人だと評した。実はそれ以外、彼女にかんする噂は聞いたことがなかった。そもそも先の中宮と弘徽殿の間で埋もれていた感があったから話題にもならなかった。

逆に言うと悪い話もないのだが、さすがにこの発言は立派過ぎて違和感が消せない。唐国の史書に記された賢后のようなふるまいではないか——などと若干の疑念は残るが、だからといって別に害が及ぶわけでもないので、荇子は素直に平伏した。

「女御様のお気持ち、この江内侍、しかと承りましてございます。このうえは必ず主上にお伝えすることを約束いたします」

朝餉間に戻って麗景殿女御の言葉を告げると、帝は感心よりも違和感のほうが強い顔をしていた。いかに帝が自身の妃に無関心だとはいえ、少なくとも荇子よりは麗景殿女御の人柄に明るいはず。その彼がこんな反応を見せるのだから、荇子が感じた違和感はやはり正しかったのだとあらためて確信する。とはいえ助かったことは事実なので、帝はそれ以上は拘らずに「それでよいのだろうな」とだけ言った。

さてこの発言が広まったことで、麗景殿女御の評判がますます上がることとなる。

今日の南廂でも、公卿や殿上人達がその話をしていた。

「若い女子であれば玉衣（美しい衣）に目がないであろうに、さような理由で綾錦を退けるとはなんと崇高な姫君か」

「まさしく帝の妃として、亀鑑となるふるまい」

「大人しい御方という印象しかなかったが、これほど聡明な方であらせられたとは」

などと公卿達が言うので、父親である一の大納言はほくほく顔だ。献上された唐錦が中宮宛てだという話を聞いたときは、近頃の左大臣の自滅もあって、なんとしてもわが娘にと意気込んでいたらしいから単純なものである。

面白くないのは左大臣で、終始むっつりとしている。

一連のやりとりを櫛形窓からのぞいたあと、荇子は鬼間を出た。櫛形窓は殿上間の隣室である鬼間に設えた連子窓である。

簀子から台盤所に入ると、担当の命婦の他に卓子がいた。色を落とした黄色の唐衣と萌黄の表着が、秋の七草である女郎花を連想させる。そういえば錦の受け取りを断られた日に麗景殿女御が着ていた小袿も女郎花の織色目だった。同じ名称でも、染めのかさねと織色目ではずいぶんと印象が違うものだと感じた。

荇子を見ると、卓子は素直に嬉しそうな顔をする。愛嬌のある表情に、荇子もなんとなく緊張がほぐれて表情を和らげる。

「いかがでしたか？　公卿方達のやりとりは」

命婦が尋ねた。彼女は荇子より歳若で経験も浅いので、必然言葉遣いは丁寧になる。

対して荇子はざっくばらんに答える。

「予想通りよ。一の大納言はご機嫌で、左大臣は不機嫌だったわね」

「それにしても麗景殿女御様は、うまくやりましたね」

声をひそめた命婦に、やっぱりそう思うよね、と荇子は苦笑した。

先の中宮や弘徽殿女御のように、かねてより声の大きな人物があの発言をしたのならまだ分かる。内容が人柄にふさわしいか否かは別として、当人も周りもなにか主張しそうな印象があるからだ。

しかし入内以来ずっと影が薄かった麗景殿女御に、とつぜんそんな御大層なことを言われても、違和感しかないのが本当のところだ。そもそもそんな立派な志を持っているのなら、常日頃の言動にそういうものがにじんでもよさそうだが、これまで麗景殿女御からそのように重みのある言葉は一度も聞かれなかった。

それがいきなりあの発言だから、後宮に住む者達にはどうしても唐突感が否めない。接触の機会や期間も短い公卿や殿上人達は、どうやらなにも感じていないようで彼女を褒めたたえているが。

「左大臣様はなんとか立場を挽回しようと、麗景殿女御様にお渡しする代わりの錦を探しておられるそうですよ」

「確かに。弘徽殿女御様も、このままではすんなりと唐錦を受け取れないわね」

うんうんとうなずきながら苻子は言った。

二人の話を聞いていた卓子は意味の分からぬ顔をする。

「どういう意味ですか?」

「この状況で唐錦を受け取るのは、弘徽殿女御様も調子が悪いでしょう」

かといって倣って辞退するというのも遅きに失している。いまさらそんな真似をしても麗景殿のような評価はされない。それに二人の妃が揃って錦を受け取らないとなれば、帝の立場もない。

そこで考えたのが、左大臣が手ずから代わりの錦を用意することだ。こちらは私費からだから、内蔵寮のときのような固辞は起きない。

そんなことをしたからとって弘徽殿女御の評価が上がるわけではないが、豪華な錦を受け取らせることができれば、麗景殿女御についた高潔な印象を少しは崩すことができる。

そう荇子が説明をすると、卓子はふむふむと納得顔で相槌をうった。

「こうなったら左大臣は、献上品の唐錦より良き品を準備しないと面目が立たないでしょうから、かえって高くつくかもしれないわね」

「江内侍さんは、その唐錦を御覧になられたのでしょう。いかがでしたか？　そんなに見事な品でしたか？」

「それは間違いないわ。けれど唐物趣味が過ぎて、あれは普通の方には着こなせない気がするわ」

「うわあ〜、そんなに華やかなものなのですね」

「私達も唐物御覧を見ることはできるでしょうか？」

期待に目を輝かせて、命婦が尋ねた。宮仕えをはじめて三年目の彼女は、おそらく前回の唐物御覧のあとに入職したはずだ。

「席を選ばなければ、のぞけるはずよ。まあまあの数の人が集まるから、じっくりと見ることは難しいでしょうけど」

荇子の答えに、命婦と卓子は手を取り合ってはしゃぎあった。

帝が献上品の唐物を披露する唐物御覧は、清涼殿の昼御座にて執り行われた。

集まったのは主たる公卿と殿上人達。そして帝の両脇には二人の女御が、それぞれ几帳を置いて座っている。簀子側から見て、右手が弘徽殿女御。左手が麗景殿女御の位置だ。

荇子は如子と並んで、帝の右の斜向かいに控える。如子は少し前に蝙蝠から持ち替えた檜扇で顔を隠している。荇子も一応蝙蝠を持っているが、なにかあったときは如子に先んじて動かねばならぬので、たぶんすぐに畳むことになるだろうと思っている。

生絹の帳の向こうに、弘徽殿女御の姿が見える。いつもなら端近には出てこない身分だが、今回は唐物を見るという目的があるので、あまり奥に座っては目的が果たせない。

小袿は赤朽葉色。楓の上文を織り出した小葵地紋の二陪織物だ。単は萌黄色。温かみのある色合わせが、優しげで華のある顔立ちによく似あっている。

対して向こうの几帳の陰に座る麗景殿女御は、薄紅色の三重襷の生地に、紅の糸で唐花を織り出した二陪織物の小袿である。いつもは赤や青の濃い色を着ることが多い彼女には珍しい衣装だった。その点では目新しい。しかし少女のような可愛らしい色合わせは、二十二歳の暗い面差(おもざ)しの妃に似合っているとはお世辞(せじ)にも言えなかった。

(まあどんな衣装を着ていようと、帝が関心を払うことはないのだけれど)

そんなふうに女御達を気の毒に思ったあと、荇子はとうぜんのように彼女達が帝の気を惹(ひ)くために装(よそお)っているものと考えた自分に違和感を覚えた。

男性の装束(しょうぞく)は、身分に応じて色や織に厳しい制約がある。そこに個性を出すことはできない。男性が自分の裁量で自由に着こなせる唯一の衣装・狩衣(かりぎぬ)は、宮中で着ることが許されていない。

女御達も含めて宮中に暮らす女達にとっての装束は、男性の位袍(いほう)と同じである。十把一絡(じっぱひとから)げに唐衣裳(からぎぬも)装束としても、地位に応じて色や織に厳然たる決まりがある。その中で様々な着こなしに考えを巡らせることは、女性の特権なのか枷(かせ)なのか分からない。

ただ時には面倒くさいと思いながらも、やはり自分の好きな色の衣を着るときは心が弾むし、良く似合っていると人から褒められればとても嬉しい。

ならば女が着飾るというのは、どういうことなのか。

なんのためなのか。誰のためであろうか——。

二人の女御達は、小袿という選ばれた立場の者しかまとうことのできない衣装を身につけている。帝の目を惹(ひ)くために色々と気を配っているとしたら、まったくの徒労で本当に気の毒でしかない。けれど苻子がそうであるように、自分が好きで着ているのなら目的は果たせている。

　もやもやと考えているうちに、献上品の唐物が帝の御前に運ばれてきた。ひとつ運ばれるたびに、蔵人頭・直嗣が目録に記された説明を読み上げる。

「こちらの杯は玻璃に琺瑯の意匠をあしらったもので、波斯の品物でございます」

「遼（契丹）より求めた、黒貂の毛皮でございます」

「こちらの琵琶は、背面にかように華麗な螺鈿細工を施してございます」

異国情緒あふれる舶載品の見事さに、列席した人々はため息をつく。

お披露目品も終盤に入り、いよいよ件の唐錦が運ばれてきた。

折敷上にある錦の端を、若い女房がそっとつまんですると広げる。艶やかな柄が絵巻物のように人々の目に触れる。

唐呉藍の染め色は、目が覚めるほどの鮮やかさ。一度目にしていた苻子でさえ、あらためて感動する。いったい何度の染を重ねれば、これほど冴え冴えとした紅色が出せるものなのか。縫文様にいたっては、まことの花と見紛う精緻さである。

「これはまことに秀逸な品でございますな」

目が肥えていると評判の公卿が、ため息交じりにつぶやいた。

「商人が、皇后宮にと名指しをしたのも分かる」

「なまじかな女人では、この衣をまとうにはふさわしくない」

殿上人、女房達の囁きは、果たして弘徽殿女御の耳に届いているのだろうか？　国の母たる皇后宮にふさわしい逸品は、逆に言えばそれ以外の者にはふさわしくない品ということにもなる。

麗景殿女房は、自ら身を引いたことで評価を上げた。それを覆すだけの器量を、弘徽殿女御が見せつけられるものかどうか。今後の次第によっては、唐錦を受け取るのは麗景殿のほうがふさわしかったと言われかねない。

「主上」

呼びかけたのは、目録を読み上げていた直嗣だった。帝は気の無い表情で一瞥する。直嗣にとってはいつものことなので、いまさら挫けている気配もない。

「こちらの錦の御下賜にあたって、麗景殿女御様に有り余るお心遣いをいただいたと聞き及んでおります」

「ああ……」

帝は曖昧に返事を避けた。この藤原直嗣という人は、やはりちょっと抜けているのだろうと荇子は思った。

前回の唐物御覧のときもそうだったが、実はこの席では、帝は披露した品物を下賜するとは一言も言っていないのだ。もちろん分配そのものは内定している。けれど人前で行っては、恩恵に与れなかった臣下は面白くない。

先帝や先々帝のようにはっきりとした外戚の臣下がいるのなら、ひと目もかまわず贔屓にもできようが、あいにく今上は征礼以外の誰にも胸襟を開いていない。それゆえ臣下達の間に妙な思いこみや対立が生じないよう、この場では品物の披露だけに留めて、あとから身分や立場にふさわしい品を下賜することになっていたのだ。

女御に対してもそれは同じで、でなければ唐錦の行く末を巡って、あんな事前の騒動にはならない。

だというのに、この直嗣の発言だ。

「姉女御はもちろん、左大臣家一同、麗景殿様のお心遣いに深謝致しております。ぜひとも感謝の品を献上致したく、この場をお借りして申し上げる次第でございます」

まったく、空気を読まないにも程がある。そもそも麗景殿女御に感謝の意を示したいのなら、のちほど個人で殿舎を訪ねれば良いのに、こんなふうに人目を引く手段を取るのがいやらしい。

苦虫を嚙み潰したような顔をする荇子の耳に、如子のささやきが飛び込んできた。

「自分達が用意した豪華な贈呈品を、皆の前で披露したいのよ」

荇子は目をぱちくりさせ、如子の顔を見る。

「あ、その目的があったのですね」

「もうひとつは、麗景殿様に受け取りを拒絶されるのを避けるためよ」

なるほど。前者の動機はお話しにならないが、後者はよく用心したものである。

麗景殿女御が左大臣家からの贈答品の受け取りを拒否すれば、唐錦を受け取ってしまうことになった弘徽殿女御の面目が立たない。

若い命婦が語ったように、麗景殿女御が自身の評価を上げるために唐錦の受け取りを辞退したのなら、弘徽殿女御の面目をつぶすためになんのかんのと理由をつけて彼女からの礼品を拒絶することも考えられるのだ。

しかしこうやって公衆の前で贈呈すれば、麗景殿女御も袖にはできまい。弘徽殿女御は、麗景殿の善意の申し出に遠慮することもなく、まんまと唐錦を手に入れた打算的な女という最悪の印象だけは避けられる。

帝は麗景殿女御のほうに、ゆるりと首を回した。

「頭中将はああ申しておるが、いかがいたす？」

麗景殿女御は即答しなかった。公衆の面前という場と女御という立場を考えれば、もとより彼女の直答はありえなかった。

「ぜひとも」

声をあげたのは弘徽殿側の女房だった。とうぜんながら弘徽殿女御も、この場で直に口を利くような真似はしない。

「ぜひともお受け取りくださいませ。麗景殿様のご深慮に心をうたれた当方の姫様が、心を込めて選びあげたお品でございますれば」

異常な熱意を込めて、弘徽殿の女房は訴えた。麗景殿への感謝を形にすることで、自分達の姫（弘徽殿女御）の心根の良さを強調するという作戦なのだろう。

荇子は几帳のほころびから、弘徽殿女御の姿を盗み見た。華やかで愛らしい顔は、緊張と期待に満ちている。麗景殿に対する悪意は微塵もうかがえなかった。旧友に対して心からの贈り物をして、その反応を期待しながら待っているときのような顔をしている。

なるほど。先ほどの女房の言葉は、弘徽殿女御の本心でもあったのだろう。おそらくだが彼女は、女房達よりもずっと素直な気持ちで麗景殿女御に感謝をして、心より品物を受け取って欲しいと願っている。

「ともあれ一度ご覧くださいませ」

麗景殿側の反応を待たずに、直嗣が「これに」と呼びかける。すると弘徽殿の几帳の陰から、朱袱の細長を引きずった女童がしずしずと出てきた。見たことがある顔だと考えていたら、今年の春先に藤壺の女童と喧嘩をしていた者だと思いだした。

（名前は確か、美晴だったわよね）

いまにして考えてみれば、あれが後宮の女人達の争いに巻きこまれたきっかけとも言うべき騒動だった。

美晴は御前を大きく迂回し、麗景殿の几帳の前に抱えてきた折敷を置いた。

種類が異なる反物が二つ並んでいた。錦と錦紗は、一目しただけで逸品であることが瞭然としていた。それこそ件の唐錦にも劣らぬほどの――。

「皆さまにもじっくりと御覧いただきたく存じます。麗景殿様にふさわしいものをと、姉女御が自ら吟味した品でございます」

訳知り顔で直嗣は語るが、同じ言葉を先ほど弘徽殿の女房から聞いたばかりだ。短い間にこうも繰り返されると、善意の押しつけとしか思えず他人事ながらうんざりする。

そもそもこの場で「皆さまにも御覧いただきたく」と願うところに、麗景殿に対する深謝よりも、世間に対する見栄や言い訳の要素が強いというのが現れている。

さりとて麗景殿側も、いつまでも帝の前で無視をつづけるわけにもいかない。やがて几帳の奥から小大輔がいざり出てきた。

「では、失礼して――」

小大輔は折敷の前に座り、まず錦のほうを広げて見せた。几帳内の麗景殿女御、居並ぶ臣下達にも錦が見えるようにぐるりと身体を反転させる。さすが、よく分かっている。彼女の本心では左大臣側の世間体など知ったことではないのだろうが、この場をすんなりと納めるためにはしかたがない。

臙脂を基調にした錦は、数えきれないほど多くの色糸を使い、蔓植物と、名も分からぬ霊獣が連続的に織り込まれている。奇抜と取れなくもない柄だが、細工の見事さがその印象を否定する。

もう一つの錦紗は、八重桜の花びらのような薄物に、驚くほど写実的な花鳥が織り込まれたものだった。こちらなどは衣に仕立てるより、几帳の帳にでもして飾った方が良い気がする。

「こちらは大食（西アジア）から取り寄せた織物でございます」

得意気な直嗣の説明に、人々はどよめく。

これはまた、えらいところから取り寄せたものだと感心はするが、実はその国が海を渡ったどのあたりにあるか苻子は見当もつかない。まだ補陀落（観音が住むといわれる山。インド南端の海岸にあるとされた）のほうが想像できる。

それにしても娘の面子と自分の見栄のためにこれほどの品を準備できるとは、やはり左大臣の権勢は侮れない。海豹の件で陸奥との交流には釘を刺したが、あんなことは彼からすればたくさんある中の些細な一つの伝手に過ぎなかったのかもしれない。

几帳のむこうで弘徽殿女御が、女房になにか言っている。琴を褒めてもらった女童のように、邪気のない顔をしている。

「麗景殿様。こちらの錦でお仕立てになられた衣を、ぜひとも十三夜の宴でお召しいただければと、当方の姫様が仰せでございます」

弘徽殿女御が件の唐錦を後の月見に着るつもりなら、麗景殿女御にそうしてもらわなければ体裁が悪い。譲られた錦で一人だけきらきらしく飾り立てていても、経緯を知っている参加者は白けた目をむけるだろう。

弘徽殿側の女房の勧めに、小大輔は折敷を手に麗景殿側の几帳の内側に入ろうとしたのだが。

「けっこうでございます」

抑揚のない声音は、以前にも聞いたことがある麗景殿女御の声だった。もちろんそれが分かったのは、几帳の外にいる者では小大輔と荇子、そして帝だけだったのだが。あとは父親の一の大納言か。

几帳の中に折敷（おしき）を押し込もうとしていた小大輔は、その動きを止めた。呆然（ぼうぜん）とした顔を見るに、彼女にも予想外の返事だったのだろう。ならば麗景殿の他の女房達も同じであろう。

「女御様？」

麗景殿の女房の声に、昼御座（ひるのおまし）の空気がぴんっと張り詰める。如子は眉（まゆ）を寄せて、麗景殿側の几帳を見つめている。そのむこうで帝が、彼には珍しく驚いた顔をしている。

「そのように、ご遠慮なさらず」

どう受け止めたのか、直嗣がやけに朗（ほが）らかな声を上げた。

この段階では、麗景殿女御の意図は分からない。そもそも直嗣は「けっこうです」の声の主が女御本人だとは確信できていない。先ほど麗景殿の女房達が「女御様？」と呼びかけたが、あれだけではさすがに断定できない。

それに「けっこうです」という返事そのものが若干曖昧（じゃっかんあいまい）な言葉なので、ここだけで拒絶されたとは受け止めるのは早計かもしれない――。

「お気持ちだけで十分です。そのような華やかな衣は、ぜひとも姉上様のもとにお納めください」

抑揚のない声音が、遠慮ではなくはっきりとした拒絶を示していた。

直嗣はぽかんとして麗景殿の几帳を見つめる。簀子(すのこ)にいた公卿(くぎょう)、殿上人(てんじょうびと)達も同じような反応だった。少しして左大臣の表情にじわじわと怒りの色がにじみはじめる。一の大納言はなんとも気まずげな顔をしている。

小大輔は反物を前にどうしようかとしばし逡巡(しゅんじゅん)していたが、やがてそろそろと直嗣のほうに向かって折敷を押し返した。

そのあとの唐物御覧は葬式のような空気になっていた。

不幸中の幸いだったのが、あの段階で披露する品物が残り少なかったことだろう。おかげでほんの片時でお開きとなったのだが、麗景殿女御の態度の悪さは瞬く間に悪評となって御所中に広まった。

「やはり麗景殿様にとって、唐錦を譲ったことは本意ではなかったようね」

「でも、それなら最初から身を引かなければよかったんじゃない」

「弘徽殿様は申し訳なく思われて、必死で代用の錦を手配したというのに」

「しかも、あんな見事な品よ。あれはもとの唐錦より立派だったんじゃない?」

内裏(だいり)女房達の批難は止まない。つい先日まで賢明さを褒め称(たた)えていたというのに、まったく毀誉褒貶も甚だしい。

「真心を傷つけられて、弘徽殿女御様が涙ぐんでおられたらしいじゃない」

どこから聞きつけてきたのやらと呆れるが、それは真である。几帳の隙から苻子はばっちりと見たのだった。思い違いではなく本当に拒絶されていると分かったときの弘徽殿女御は、顔を強張らせたあと目頭を押さえた。

善意をすげなく突き返されることは、誰だって衝撃だ。苦労知らずの弘徽殿女御が傷つくのはとうぜんだし、俗世の垢にそれなりにまみれた苻子だって、同じ仕打ちを受けたらしばらくは不愉快だろう。

それを承知したうえでいまひとつ釈然としないのは、弘徽殿女御の悪意のない無邪気、あるいは無神経さが癪に障ったからだ。

弘徽殿女御は、あの豪奢な錦をあたりまえのように衣に仕立てるよう勧めた。彼女であれば華やぐだろう。けれど平凡な容姿の麗景殿女御では、そうはならない。一般的な容貌の女人であれば、あの錦の華やぎにはむしろ気圧されてしまう。まして十三夜の宴の席で並んで座っているのだから、どうしたって弘徽殿女御と比較される。

美しい人。聡明な人。裕福な人。種類はちがえど色々と恵まれた人に、自分を基準にして物事を語られるといらっとくるのは凡人の僻みなのか。

衣装にかんして麗景殿女御は、確かに派手好みだ。もしかしたら自分にそれが似合っていないことは承知しているのかもしれない。けれど決まりさえ守っていれば、衣装などなにを着ようと誰に迷惑をかけるわけでもないのだ。好きなものを着るのと、美しくなるために装うのは、似ているようで異なる。

そうは思っていても先の中宮や弘徽殿女御のように、華やかな衣装を見事に着こなす女人を見れば心がざらつくのが素直な感情であろう。

あくまでも荇子の想像だが、日頃は大人しい麗景殿女御のあの突き放した言動は、荇子が弘徽殿女御に感じた苛立ちを、麗景殿女御も感じたからではなかったのかと思ったりもする。

唐物御覧から三日が過ぎた長月のある日。

荇子は深藍（暗い青緑）の唐衣に、朱袚の表着をあわせて内侍所を出た。もちろん双方とも平織である。荇子にとって派手な錦は、高貴な方が着こなしている姿を見てうっとりするものであって着たいと願う対象ではない。そもそも決まりで着ることはできない。だから負け惜しみかもしれないが、緑衫や深藍、薄色（淡い紫）などの好みの色を着ているだけで十分に気持ちは弾むのだ。

行き先は清涼殿で、本日は如子が帝のもとに伺候しているのだった。古い書類を整理していたのだが、不明な点が出てきて如子に指示を仰がなくてはならなくなった。深刻なものではなかったが、女孺に伝えさせるには少々込み入った案件なので直接尋ねたかった。

内侍所がある温明殿から清涼殿にむかうには、西隣の綾綺殿と承香殿を経由してゆくのが一番の近道だが、その日は梨壺を経由した迂回路を取った。麗景殿と弘徽殿の様子を伺いたかったからである。

われながら俗っぽいと思いはするが、あんな騒動に知らぬ顔ができるかと開き直りもする。それにこれ以上こじれるようなことがあれば、おそらく帝がなんとかするようにと指示してくるに決まっている。

麗景殿は静まり返っており、外からは中の様子はうかがえなかった。年配の女房が多いこともあり、もともと外はもちろん端近にもあまり出てくることはなかった。

（特に変化はなしか……）

拍子抜けした気持ち半分で簀子を通り過ぎる。渡殿に上がると、その先に弘徽殿の殿舎が見えてくる。むこうから直嗣が歩いてきていた。十八歳の青年らしい、色の濃い二藍（この場合は紅が濃いという意味）の直衣は、三重襷を織りだした縠紗。烏帽子ではなく冠を着けた姿での参内は、雑袍勅許を得た者だけに許される特権だ。

これは面倒な奴に鉢合わせてしまったと、いらぬ好奇心で回り道をしたことを苻子はいたく後悔した。さりとて、いまさら引き返すわけにもいかない。少し距離が近づいたところで、荇子は端によって道を譲った。

直嗣は荇子の顔を見て、あれ？　というような反応をする。どうやらいま気づいたようである。彼の後ろには女房が一人ついてきていた。今様色の唐衣を着けた若い女房は、確か弘徽殿の者である。彼女が抱えた文台のような平たい箱上には、複数の反物が載っている。一目した感じでしか分からないが、どれもこれも豪華な錦に見えた。

（ひょっとして、麗景殿に持っていくつもり？）

無意識のうちに目で追っていた荇子に、直嗣はひたりと足を止めた。

ああ、またしくじってしまったと臍を嚙んだが、覆水盆に返らずである。直嗣は女房が持つ反物を一瞥して言った。

「これだけの種類があれば、麗景殿様もどれかは気に入ってくださるだろう」

そんなことは訊いていないと思ったが、好奇心に負けて色々と直嗣を誤解させたのは荇子である。しかし通りすがりの荇子に、こんな自慢とも同意を求めるともつかぬことを話しかけてくるところに、直嗣らしい虚勢がにじみでている。

確かにこれだけの種類があれば、選択の幅は広がる。しかし麗景殿のあのすげない反応を思いだすと、単純な選り好みの問題ではなく、むしろ双方の女御の人間関係が要因にある気もするのだが。

「なんとしても麗景殿女御にはいずれかの錦を受け取っていただかなくては。そうでなければ、姉上が十三夜に唐錦を召さぬと仰せなのだ」

「え？」

目を瞬かせる荇子に、錦を持った女房が言った。

「麗景殿女御様が新しい衣をお仕立てにならぬのであれば、申し訳なくて下賜された唐錦を召すことができぬと仰せで、いまだに仕立てもしていないのでございます。このままでは十三夜の宴もどうなることかと。ですから麗景殿女御様には、ぜひともこちらの錦を受け取っていただかなくてはなりません」

とことんまで自己中心な考え方に、荇子は辟易した。

そもそも弘徽殿女御に気持ちよく唐錦を着せる為に、麗景殿の機嫌を取ろうとするのがまちがっている。純粋に和解を望みたいからではなく、自分が気持ちよく過ごしたいからという理由で他人を翻意させようとするのは、いささか幼稚が過ぎる。

確かに麗景殿女御のふるまいには問題がある。だからこそ〝譲ったのも拒否したのもそちら〟というぐらいに開き直って、多少の屈託は受け入れるべきだと思う。

（過保護にも程がある）

荇子は直嗣に冷ややかな眼差しをくれた。

他人の麗景殿女御の気持ちを変えようと奔走するより、身内である弘徽殿女御に気にしないよう説得する方が筋が通っている。

無意識のうちに、他人が自分達に良くしてくれることを当たり前だと思っている。この傲慢さが、冷遇された経験を持つ帝や如子には鼻持ちならぬにちがいない。ということは本質的に同じ性質の弘徽殿女御自身に対しても、帝は内心でそのような反発を持っているのかもしれない。

（だとしたら、気の毒すぎる……）

妃として優遇、そして愛されていることを微塵も疑っていない弘徽殿女御の邪気のない笑顔を思いだすと、さすがに胸が痛む。

だからといって自分になにかができるわけでもない。瞬間に芽生えたひっかかりをあっさり振り切ると、荇子は表情を取りつくろって言った。

「女御様が気に入ってくださると良いですね」

台盤所の前を通って朝餉間の簀子に行くと、帝の傍には如子が侍っていた。

彼女は簀子に上がった荇子にいち早く気付いた。

「江内侍、なにかあったの？」

「あ、いまよろしいですか？」

帝の御前で話すのは無礼なので、荇子は台盤所に近い位置で尋ねた。

「私への用事ならかまわないわ」

「実は先日の女嬬の検校の書類についてなのですが——」

腰を浮かしかけた如子を、そこまでの込み入った話ではない、と荇子はその場に押しとどめた。

「では一度目を通すから、処分はしないでおいてちょうだい」

「どのみち反故として使いますから、処分は致しません」

そう荇子が言うと、如子は珍しく声をあげて笑った。

そのまま帰っても良かったのだが、直嗣に会ったことを一応告げておくかと帝に目をむける。すると彼は目敏く気付き「どうした？」と訊いた。

「ここに参上するとき、頭中将とお会いしました」

帝と如子は露骨に面倒臭そうな顔をした。予想通りの反応に苦笑しながら、荇子は先ほどの渡殿での一件を話した。

「つい先程のことですので、麗景殿女御様が受納なされたか否かは分かりませぬ」

「受け取っているはずがないでしょう」

白けたように如子が言った。そうだろうと荇子も思った。ここで弘徽殿側からの錦を受け取るのなら、唐物御覧の段階ですでに受け取っている。

衆目のあるあの場で、あんな断り方をすれば批難されることは目に見えている。

麗景殿女御の知性のほどは良く分からぬが、一、二度話した経験と小大輔の証言を聞いたかぎり、それが分からぬほど愚かな女人ではあるまい。つまり批難を承知のうえで錦を拒絶したのだ。

ならば今回とて受け取るはずがないのだ。どれほどの綾錦や玉衣を揃えたところで同じことだ。一連の経緯を鑑みるに、錦が趣味ではなかったというより、麗景殿女御が弘徽殿女御になんらかの屈託を抱えていたと考えたほうが腑に落ちる。

（でもそうなると、献上品の唐錦を辞退した理由が良く分からないのよね）

当初の予想通り、自分の評判を上げるための行動であれば、唐物御覧のときのような取り付く島もないふるまいはしない。しかもあの身分の女人が自身の口で言ったのだから、かなり強固な意志を持っていたことはまちがいない。

「いっそ十三夜は、錦の禁止令でも出すか」

帝が言った。錦や紅花染のような奢侈品への禁令は、過去に何度も出ている。不作や疫病の蔓延等、世の景気が悪い時などは緊縮の意味も込めて特に厳しくなる。

しかし長月に入っての予想だが、今年はおそらく豊作だ。今年もというべきか。今上の御世となって四年。作物はよく実り、これといった災害も疫病もない。こういう場合、天子に徳があるからと世は評価する。

「畏れながら、世が豊かであるのに奢侈品の禁令を出すことは、ちぐはぐな印象が否めません」

如子の指摘は的を射ている。朝廷での個人間の対立は別として、世そのものは落ちついているのだから、不必要に締め付けても反発を買うだけだ。もっとも帝も本気で言ったわけではなく、妃達の対立に辟易したゆえの逃避的な発言だったのだろうが。

「そうは申すが、そもそも左大臣家がそれだけ派手な唐錦を大量に所有していること自体がおかしいだろう」

帝の指摘に、荇子と如子は目を見合わせる。

本来であれば唐物の購入は、国に先買権がある。上陸した品物の中から、まずは担当の役人が国が必要な品を買い入れる。臣下、並びに民間の商人が購入できるのは、その残りからだ。

しかし実際には現地の官吏や商人との伝手等を使うなどして、先に唐物を手に入れてしまう貴族は多い。なし崩しに目を瞑ってきた部分も多いが、公に認めたわけではない。その中であのようにこれ見よがしに大量の唐錦を運ぶなど、浅はかにも程がある。実際には正規に手に入れた物かもしれないが、立場上どうしたって疑念は持たれるというのに。

（頭中将は、海豹の件を父親から聞いていないんだろうな）

殺害された先の陸奥守の目代から、左大臣が受け取っていた袖の下のひとつに海豹の毛皮があった。そのことを聞かされていたのなら、あんな迂闊には振る舞わない。

困った若様だと呆れつつ、妥協案のつもりで荇子は言った。

「あまりに事が解決しないようでしたら、弘徽殿の御方に唐錦を返上してもかまわないとお伝えになられてはいかがですか？」

理屈や道理だけで言えば、おそらくは的を射た解決策だった。

だが荇子のこの意見を、如子は鼻で笑った。

「江内侍は、北院家の方々の気質を分かっていないわね」

「はい？」

「弘徽殿の御方は、唐錦を手放すことなど夢にも考えていないはずよ。本来であればあの唐錦は中宮に下賜されるもの。その中宮様が不在のいま、とうぜん自分に与えられるものない。

如子の口調は辛らつだが、弘徽殿女御の境遇を考えれば、そう思っていても不思議ではない。

「本来であれば対等の立場にある麗景殿女御様が、すんなりと身を引かれた。どう考えたっておかしいでしょう。少しでも人の屈託が分かっているのならば、何故だろうと不審をいだくはずよ。けれど弘徽殿女御様は疑問すら抱いていない。おそらくこれまでも、そうやって欲しいものをすんなりと手に入れていらしたのよ」

弘徽殿女御と直嗣。左大臣家嫡子の姉弟が持つ無自覚の傲慢さを端的に指摘していた。

野心というのとはちがっている。野心をむき出しに欲しいものを奪い取ろうとする心意気があるのなら、まだ共感できるのだ。

彼等は、恵まれた環境を欲したりしていない。なぜなら自分達がそれを享受することが当たり前だと思っているから。そうなれば誰かが身を引かなければならぬという事実を込みでとうぜんだと思っているのだ。

荇子が直嗣に感じていた鼻持ちならない態度を、如子は先の中宮の女房として、また同じような家柄の娘として、弘徽殿女御に感じていたのだろう。

「このままでは、気持ちよく唐錦を自分のものにできない。自分の為に麗景殿女御をなだめようとして、そしてそれを麗景殿女御がとうぜん受け入れるものと思っているのよ」

帝の面前でその妃の批判をするというのもいかがかと思うが、あんのじょう帝は薄ら笑いを浮かべているだけで咎めようとはしない。つい数か月前まで、如子は先の中宮の女房だったから、妃に対する帝の本音などとうに気づいていたのだろう。

「なんだか、十三夜は面倒なことになりそうですね」

肩を落とした荇子の前で、帝は他人事のような顔で言った。

「妃達がなにを着て参加をしようと、位袍でもないのだから別にかまうことはない。麗景殿は融通が利かな過ぎだし、弘徽殿は他人に求め過ぎだというだけのことだ」

言い得て妙な一言に、如子が口許を皮肉気に歪ませた。荇子もまったく同意ではあったが、放っておくと余計な火種になりそうだというのはもちろん承知していた。

直嗣が献上した錦を、麗景殿女御はすべて突き返した。

門前払いではなく、一応殿舎の中には入れたらしい。そこで提供された全ての錦に目にしたうえで「いらぬ」と言われてしまったのだから、直嗣も呆気に取られて粘ることもできなかったらしい。殿舎に招きいれられた段階で脈はあると思っていただろうから、衝撃はなおさらだ。

選りすぐりの品々に対してこれだから、最初から受け取るつもりはなく嫌がらせであったにちがいない。四位の公達になんとも無慈悲な真似をなさるものよと、直嗣贔屓の若い女房達は麗景殿側の対応を批難をしていた。

まあ、そうなるだろうなと思っていた。

麗景殿女御の態度が弘徽殿側に対する反感からであるのなら、どんな錦を持っていったところで受け取るわけがないのだ。女房達の言い分はもっともだった。清涼殿でもそうだったが、その気がないなら最初から錦には手を触れず、断固として断ってしまえばよかったのにと思う。それ込みで嫌がらせだったのなら、もはやなんとも言えはしないが。

その日の夕刻過ぎ。小大輔が梨壺の局を訪ねてきた。

すでに装束を解いた荇子は、蘇芳の単の上に萌葱の袿を重ねた袿袴でいた。昼間着ていた深藍の唐衣の下に着ていた衣を、そのまま転用した褻の服装である。

対する小大輔は、かっちりとした唐衣裳装束のままだった。仕事中に抜け出してきたのか、あるいは藤壺に住まう彼女が、自分の局に戻る前に寄ったのか。

風も冷たくなってきたのでそろそろ格子を下ろそうかと考えていたところに、御簾向こうで小大輔が呼びかけた。

「ごめんなさい、いきなり押しかけて」

快く招き入れた荇子に、小大輔は詫びを述べた。

「別にいいわよ。女同士だから、身支度もいらないし」

「藤侍従がおとなうときは、化粧直しくらいはするの？」

思いもよらぬ問いに、荇子はとっさに反応することができなかった。ほどなくして、少し不機嫌を装って言う。

「いまさら、そんなことをする関係じゃないわ」

異性として想っていることは、多分お互いに自覚している。けれどその想いを将来的にどういう形にしてゆくのかは、まだ漠然としかしていない。

男女が恋をしたのなら、行きつく先のもっとも典型的な形は結婚だろう。

少し前の荇子はそれが嫌で、征礼への想いそのものを否定していた。恋をしたら結婚をすることが、誠実な人間の在り方だと考えていたからだ。父親の再婚に屈託を持っていた荇子は、とにかく結婚がしたくなかったから恋そのものも避けていた。

けれど近頃は少しずつ、そうでなくとも良いのだと思えるようになってきた。

恋を認めたのだから、結婚しても良いのではないか。あるいは結婚をせずとも、恋はしても良いのではないかと考えられるようになった。柔軟に受け止めることで、選択の余地が広がった。そうしたら、ずいぶんと気持ちが楽になった。

いまでは素直に、征礼のことが好きだと思えている。ただ幼馴染歴が長すぎて、いまさら彼の前で張り切って着飾ろうとは思わないだけだ。

怠惰とも慣れともつかぬ荇子の本音に、小大輔はふむと訳知り顔をする。

「なるほど。そんな関係ではない、とは言わないのね」

さすが鋭いと苦笑いを浮かべかけたあと、はっとする。今上の即位前に御所を下がった小大輔は、征礼の存在を認識していなかったはずだ。なにしろ征礼のほうも小大輔を知らなかったのだから。

「ちょ、彼のことを誰から聞いたのよ!?」

「弁内侍と伊勢命婦」

しれっと小大輔が口にしたのは、長年にわたる同僚の名だった。

荇子にとってそうなら、小大輔にとってもかつての同僚ということになる。そこから話を聞いていてもおかしくはない。どんなふうに説明したのか、あとで二人とも締めあげてやると思った。

かりかりとする荇子の前で、小大輔は几帳を背に座った。

「あなた達は特例だけど、それが女心よね」

「は、なにが？」

「背の君と会うのなら、多少身繕いには気遣うわよね」

「……あなたはどうだったのよ」

　不誠実な元夫の話題を出すのはどうかと思ったが、荇子の例が参考にならないのなら訊き返すしかない。承知しているのか小大輔は気を悪くしたふうもなく答えた。

「もちろん。香や衣には気を遣ったわ。まあ、それだけやっても他所に女を作られたのだから、ざまあないけど」

「――いいじゃない。別にクズみたいな男にどう思われようと、あなたがそれが好きで装ったのなら」

「そうね。確かに色々かさねてみたら、思いがけない色合わせになって楽しかったわ」

　まあまあ過激な荇子の発言も、むしろ小大輔は面白がっているようだった。子供にかんしての疵は癒えずとも、夫にかんしてはもはや完全に見限っているのかもしれない。

「やっぱり、一般的にそうよね」

　ぽつりと小大輔が言ったので、荇子は首を傾げた。

「どういうこと？」

「女人というものは、普通は装うことが好きよね」

「まあ、そうね」

「私、思ったのだけれど、麗景殿女御様って、ひょっとして装うことに一切興味がないのじゃないかしら？」

想像もしなかった指摘に、荇子は虚をつかれたようになる。

小大輔は自分の意図を語った。

「それゆえに弘徽殿様からの贈り物を、あのようにことごとく拒絶なされているのではと思ったのよ。そうでもないと普段のお振る舞いからの説明がつかない――」

麗景殿女御に仕える者として小大輔は、このたびの彼女の悪評には心を痛めているのだろう。寄る辺ない身の上を雇ってもらったこともだが、子宝にかんしての暴言への負い目を瞑ってもらったという感謝の念がある。

「それを相談に来たの？」

「のってくれる？」

そう言われて断ることなどできないし、もともと断るつもりはない。寄る辺のない女同士、しかも気の合う友人なのだから貸せるべき手はとうぜん貸す。

荇子は頷いたあと、腕を組んだ。御所に住む女で、装うことにいっさい興味がないというのは考えにくい。これは好き嫌いではない。なぜなら装束とはしきたりだから、ある程度気遣うことは掟(おきて)でもあるのだ。

　それでも無関心で形(なり)さえ整っていればそれでよしと、人の勧めるままの衣を選ぶ者は確かにいる。麗景殿女御がそうだとしたら、あの不似合いな派手な衣装も腑(ふ)に落ちる。年配ゆえに保守的な者が多い麗景殿の女房達が、流行や当人の個性を無視して、女御としての格だけを優先して衣を選んでいたとしたら——その気配を悟った若い小大輔が、同僚達には相談できずに荇子を頼ってきた理由も納得できるのだった。

「だから御当人には、さしたる悪意はないのでは、と思うのよ」

「なるほどねえ……」

　腕を組んだまま、荇子は屋根裏を見上げた。太い梁(はり)が薄墨(うすずみ)のような闇の中に、濃い影となって浮かび上がっていた。そろそろ火を入れなければと、小大輔の意見を思案する頭の片隅でそんなことを思った。

「いや、待って」

　荇子は腕を解き、ぱっと姿勢を戻した。

「理由がそれだけだったら、四の五の言わずに錦をお受け取りになられるはずよ。準備したものを黙って召すだけの方なら余計にね。内蔵寮(くらりょう)の品は国庫から賄(まかな)ったものだから、ご遠慮(えんりょ)なさったのも筋もあるわ。けれど弘徽殿から届けられた物をあそこまで頑(かたく)なに拒(こば)まれるのには、なにか屈託があるとしか考えられない」

長々とした苻子の指摘に、小大輔は渋い顔をする。自説が少し怪しいという自覚は、彼女にもあったようだ。

「でも女御様は、弘徽殿女御様の悪口どころか噂をしたこともないわ」

「それは高貴なお生まれだからじゃないの」

「先の皇太后さまは、承香殿中宮様の悪口をしょっちゅう言っていたじゃない」

小大輔の意地の悪い指摘に、苻子は苦笑するしかなかった。承香殿中宮とは、先々帝の皇后ですでに故人となっている。世継ぎの男児を産んだ自分を差し置いて立后されたこの女性に、先の皇太后が強い憎悪を抱いていたことは、当時宮中にいた者なら全員知っている。なにしろ公然と悪口を言いまくっていたし、ときには公の場で蔑むような発言もしていた。その中にはとうぜん、中宮が世継ぎの男児に恵まれぬことも含まれていた。

そうやって当時の素行を思いだしてみれば、帝と如子からあれだけ毛嫌いされていたのも分かる気がする。特に帝は先日押しかけてきた彼女を徹底して拒絶し、ついに顔をあわせることをしなかった。

「無関心だけでは、あそこまでの拒絶はしないと思うの。相当の嫌悪があるから、断固として拒絶するはずよ」

荇子の意見に、小大輔は納得しかねるようだった。それでも彼女は麗景殿女御に仕えてから日も浅く、これまでの宮中でどんな経緯があったのかはよく知らないから、いったんは引いてみせた。

「じゃあ女御様が、弘徽殿の御方をそこまで嫌う切っ掛けとなることがなにかあったの？」

そう問われると荇子は返答に詰まる。

貫禄の藤壺。花咲く弘徽殿。この二つに比べて、麗景殿は良くも悪くも混乱のない殿舎だった。その無難さは女主人の性格そのものを表しているといってもよかった。

その麗景殿に他の殿舎との騒動は、荇子が記憶しているかぎりはない。藤壺と弘徽殿の対立は日常茶飯事だったが、あれも女房達の関係で妃達に確執があったわけではない。

「私が知っている範囲では、ないと思う」

とはいえ弘徽殿女御に対するうっすらとした嫌悪は、同性として荇子もなんとなく分かる。近頃になってじわじわと覚えるようになった反感は、常に比較される立場にあった麗景殿女御はもっと顕著に感じていただろう。

だとしても、嫌悪の表し方が急すぎる。

それに一連の拒絶が弘徽殿女御を嫌っての行為なら、当初の唐錦を辞退した意味が分からない。権利が互角なら、なにゆえ自ら身を引いたのか。しかもあのときはいま以上に左大臣の勢いがなかったので、唐錦の贈答にかんしてはどちらかというと麗景殿が有利なくらいであったのに。

麗景殿女御の行動を、単純に弘徽殿女御を嫌っているから、と考えるのは疑問が残る。けれど嫌悪していなければ、あんな頑なな拒絶にならない。

「う〜ん」

後頭部を抱えこみながら唸る荇子に、小大輔も嘆息する。

「ほんと十三夜には、なにをお召しになっていただければ良いのか――」

確かに女房としては頭が痛いだろう。しかしその点だけで言えば、悩ましいのはむしろ弘徽殿のほうだろう。なにしろ麗景殿が錦を受け取らないかぎり、自分も唐錦には手を通せないと言っているのだから。

帝から下賜された品だから最終的には着るだろうけど、弘徽殿女御の性格を考えるとそこまでの経緯が想像するだけでうっとうしい。しかしそれは弘徽殿側で考えることだ。

「麗景殿女御様は、お召し物にあまり不平をおっしゃらない方なのでしょう。だったら今回は少し抑えた柄にしたほうが、余計な騒動にはならないのでは？」

そのほうがお似合いだと思うという言葉は一応遠慮したが、小大輔は大きくうなずくと同時に嘆息した。

「私もそう思うけど、古株の女房達が、格にこだわって派手なものしか選ばないのよ。女御様はまだお若いのだから無理に重くしないで、もう少し軽い衣のほうが映えると思うのよね」

考えていることは同じだった。仕えて日は浅くとも、小大輔は荇子とちがって日々麗景殿女御に接している。まして彼女自身がお洒落（しゃれ）で、内裏（だいり）女房のときから着こなし上手で有名な人だった。先輩女房達によって女主に強制されるちぐはぐな着こなしを、さぞ歯痒（はがゆ）く感じていることだろう。

まったく服装なんて、決まりさえ守っていれば本人の好きなものを着ればよいのだ。たとえ良かれと思ってのことでも、見栄を理由に似合わぬ衣装を強要されることは、麗景殿女御にとっても苦痛であろう。

（苦痛…？）

自分で整理した考えが、ふと引っかかる。

ひょっとしての思いから、荇子は小大輔のほうを見る。彼女は二十四歳。麗景殿女御は二十二歳。そして荇子はそのひとつ下の二十一歳。感覚は麗景殿の女房達より、おそらく女御に近いはずだ。

「ねえ、もしかして女御様って」

そう言って荇子は、小大輔に詰め寄った。


「頭中将(とうのちゅうじょう)」

翌朝。下戸から殿上(てんじょう)間に入ろうとした直嗣を、渡殿(わたどの)から荇子は呼び止めた。

橡(つるばみ)の袍(ほう)を着けた青年は、荇子の顔を見て目をぱちくりさせた。騎射(うまゆみ)での射手の件があってから、荇子に煙たがられていることは自覚していただろうから、声をかけられたことに驚いたのだろう。

荇子だって出来たら近づきたくない。しかしこの件を解決するには、直嗣の力が必要だからしかたがない。力というより財力だけれど。

海賦(かいぶ)文様を摺(す)りおいた裳(も)を引きながら、荇子は彼の傍に歩み寄った。直嗣は狐につままれたような顔をしている。荇子が近づいてきたことが、よほど信じがたいのか。荇子自身は身分の問題もあるから、そこまでつっけんどんにした覚えはないのだが。

それとも敵対していた藤壺の者達をのぞけば、ほとんど女人(にょにん)達から常に憧憬(しょうけい)の眼差(まなざ)しを向けられてきた直嗣にとって、こんな普通の態度でも冷たく映るのだろうか。常にかまわれていないと不安だというのなら、間違いなく弘徽殿女御と姉弟である。

「麗景殿女御様の錦の件で、ご提案があるのです」

端的に用件を述べると、直嗣は眉間に軽く皺を刻んだ。

持参した錦がことごとく退けられたという噂は、御所中に広がっている。そのため弘徽殿女御がますます気にしているという話も。

「紺のような、深い色合いの織物をお持ちではありませぬか？」

「――え、こ、紺？」

荇子の問いに、直嗣は目を瞬かせた。

深縹と似たような色だが、下位の当色なので身分のある者の装束としては使わない。

しかしあらゆることが自由な狩衣には、しばし見かける。狩衣は褻の衣装だが、直嗣のような公達のものならば、染めも織りも手の込んだ綾を用いるにちがいない。

「紺など女人には必要ないだろう」

困惑しながらも直嗣は反論した。確かに女性の色として、紺は一般的ではない。かさねの色としても、せいぜい少し明るい縹色までだ。

「ですが麗景殿女御様は、その色がお好みなのです」

直嗣が疑うような顔をしているが、本人から直接聞いたから間違いない。

昨日、小大輔とともに麗景殿を訪ねた。そうして小大輔以外の女房達をいったん下がらせ三人になってから、荇子と小大輔はそれぞれに持参した御衣櫃を開けて見せた。

荇子の御衣櫃には、緑衫と縹の袿。小大輔の御衣櫃には薄色と黒木賊（黒みを帯びた萌葱色）の袿が入っていた。

豪華な赤い二陪織物の小袿をはおった麗景殿女御は、不審な面持ちで二つの御衣櫃を見比べていた。

「いかがでございますか？」

小大輔が尋ねた。問いの意味が分からなかったのか、麗景殿女御はすぐに返事をしなかった。けれどその間もじっと袿を眺めつづけている。小大輔はあらためて尋ねた。

「こういう色のお召し物は、いかが思し召しでしょうか？」

「——好きよ」

一拍置いての返答に、荇子と小大輔は目を見合わせあう。

「すごく好き。とても素敵」

麗景殿女御の口ぶりは、彼女らしく抑揚のないものだった。けれどその声には吐息が混じっていた。

やがて彼女はぽつりと言った。

「私は、こういう色が好みのようです」

やはり、そうだった。

麗景殿女御は、着飾ることに無関心なのではない。

だが身分を理由に好みではない派手な衣を強制的に着せられつづけたことで、装(よそお)うことに嫌悪感を持つようになってしまっていたのだ。

だから直嗣や弘徽殿女御が提供した華やかな錦を、あれほど強く拒絶した。たとえ好みでなくとも、その場の空気を乱さぬために喜んだふりをして貰(もら)っておくという演技すらできないほど嫌悪感は募(つの)っていたのだろう。

たかが衣装と言うなかれ。

若い女性が好みではない、しかもはっきりと自分に似合っていない衣を毎日着せつづけられたら、気持ちに変調をきたしても不思議ではない。似合う似合わないの他人の評価は無視できても、自分の内側から湧き出てくる好悪は無視できない。

おのれの気持ちを平静に保つため、麗景殿女御は衣に対して無関心を装いつづけた。

けれど荇子の袿に関心を示したように、衣装への好みと興味はあった。だから少しは期待をして、弘徽殿女御や直嗣からの錦にも目をむけた。けれど華侈を好む彼らが選んだ錦は、麗景殿女御の趣味とは程遠いものだった。しかもこの錦を受け取ってしまえば、仕立てられてまた好みではない衣を強制される。だからあれほど強固に拒絶したのだ。

しかしここで、苻子の中にひとつ疑問が生じる。

「女房方に、それらの衣は好みではないと仰せになられなかったのですか？」

麗景殿女御は寡黙だが、けして気の弱い人ではない。小大輔が暴言を吐いたとき、弘徽殿女御からの錦を拒絶したときも、はっきりと自分の口で言葉を言った。芯は強そうな人だ。その彼女が、女房達の言うがままの衣に甘んじていたというのも矛盾している。

麗景殿女御は肩を落とした。

「最初のうちは言いました。けれど高貴な姫君はこういうのを好むべきだとか、殿方はこういう華やかなものがお好きだからと口を揃えて言われ、とやかく反論するのが億劫になったのです」

「ああ……」

なんとなく分かる。必ずしもではないが、一般的に年齢が上がれば人はより保守的になる。それだけであれば、一概に悪いとも言えない。革新と保守は併存してこそ互いの暴走を止められる。

始末が悪いのは、自分達が盛りだったときの価値観が絶対に正しいものとして新しい価値観を認めない傾向だ。

「議論で言い含められるのなら観念もできるけど、どの女房達も判で押したように〝それが常識〟としか言わないものだから、文句を言うのも疲れてしまいました」

光景が目に浮かび、荇子は心から同情した。

常識という言葉で相手の意見を封じてしまうのは、自身の知性の無さを晒しているのと同じだとなぜ気づかないものか。

これが『決まり』ならまだ分かる。決まりはたいていが明文化されているからだ。

けれど常識は個人の観念にもよるし、なにより環境や時代によって変化する。こんな曖昧なものを盾に議論から逃げる者の浅はかさには軽蔑しかない。

いかに女主人の立場とはいえ、多勢に無勢。年長者を尊重する世の道理から、麗景殿女御も我を押し通すことはできなかったのだろう。彼女はけして気弱ではないが、さりとて如子のような好戦的な女人でもない。対立を避けようと自分を抑える方向に気持ちが動いても不思議ではない。

そして世のたいていの女人は、如子よりも麗景殿女御のような立場を取る。だから荇子は如子に憧れ、麗景殿女御に共感する。

「ならば私が、女御様のお好みを頭中将にお伝えいたしましょう」

荇子の申し出に、麗景殿女御と小大輔は目を円くする。

なんの義理があってと思われたのかもしれぬが、荇子は麗景殿女御に共感した。

なにより妃達のいざこざを収めることは、帝に仕える内裏女房の務めとして理に適っている。荇子が伝えたほうが、麗景殿側から直に言うより穏便に伝わる可能性は高い。もっともあの直嗣に、高貴な姫君が下位の色を好んでいると伝えても、にわかに信じるかは怪しい気はするが。

「質問があります」

芝居めいて、小大輔が挙手した。

「なに？」

「弘徽殿側へ説明をしてくれるのはありがたいわ。事情を知ってもらえれば、女御様がいやがらせで拒絶したわけではないと分かってもらえるから」

そこで小大輔は一度言葉を切り、あたりを見回した。御前をのぞく三方の廂には、御簾のむこうに女房達が控えているのだろう。

「でも女御様のお好みの反物が届いたら、こんな地味な物を、と女房方が怒るわよ」

「そりゃあこの色で、普通の平織は無理よ。贈答する頭中将にも面子があるし、なにより女御様にお召しいただくには、やはり格が必要だから。できたら二陪織物。最低でも文綾ね。どうしても無地が良いと仰せなら、せめて無文織物です。それ以下の品では火に油を注ぎます」

後半は小大輔にではなく、麗景殿女御に直接訴えていた。

麗景殿女御は頬に指を添え、なにやら思案している。荇子の説明した綾織がどんなものになるかを思い浮かべているのかもしれなかった。

「そこさえ呑んでいただければ、そちらの女房方の反発はご心配いただかずとも大丈夫です」

「え？　ちょっと、江内侍……」

「大丈夫。なんとかするから」

根拠も告げずに荇子が胸を張るので、小大輔は胡散臭い物でも見るような目をした。

彼女の身になれば不安であろう。新参者であるうえ、美濃の件で騒動を起こした小大輔の麗景殿での発言力は、まだ弱いにちがいない。

けれど荇子はそうではない。もう八年も宮仕えをしている内裏女房だ。しかも近頃は帝の覚えもめでたい。おかげでだいぶん面倒を被ってはいるが。妃の女房達くらい抑えられなくてどうする。

「ですから、女御様がお召しになりたいと望まれる色を教えてください。格式や禁色などに拘らず、お好きな色を申し上げていただいてよろしいのです」

まくしたてる荇子に、麗景殿女御は疑うとも不安ともつかぬ表情を浮かべた。

あまりに唐突過ぎて理解が追いつかないのか、あるいは着たい色そのものが思い浮かばないのか。荇子達の袿の色を好きだと言ったが、それは必ずしも自分が着たい色とは限らない。あまりに長いこと自分の希望を否定されつづけて、装うことそのものに興味を失っている可能性もある。

(どうなのか……)

荇子は緊張しつつ、麗景殿女御の口許の動きに注目した。

不自然に濃い紅が、張りのある瑞々しい肌を殺してしまっている。これも女房達の女人はこうあるべきだという思い込みなのだろうか。こうやって間近で見ると、ほんのりと桜色に染まった、肌理の細かい美しい肌をしているのに。

やがて麗景殿女御は遠慮がちに問う。

「そのようなことをして、大丈夫なのですか?」

「なにをですか?」

間髪を容れずに問い返した荇子に、麗景殿女御は自分の肩先にと目を逸らす。赤い小袿を見る目には不満の色がにじんでいる。

「衣の好みにかぎらず、私の思考はあまり普通の女人らしくないようです」

「？」

「良き結婚を得て夫に大切にされ、子に恵まれてこそ女子は幸せになれると女房達が言います」

麗景殿女御の言葉に小大輔は苦い顔をしたが、当てこすりでないというのは口ぶりから分かる。なにより関係性があるので、気まずい空気にはならなかった。

「実際に私の周りの女人達も、年頃になれば結婚についての理想を語り、高貴な殿方からの寵愛を受けることに胸をときめかせておりました。ですから彼女達は私の入内が決まったとき、口を揃えて羨んでいました。まして主上はあのように見目良き御方。一緒に参内した妹達などは完全にのぼせあがって〝姉様は幸せ者だ〟と繰り返していました」

麗景殿女御の妹なら、三年前は十五、六歳というあたりだろうか。当時の帝は二十七歳だからまああの年回り差だが、その年頃の娘が見てものぼせるほどに帝の容姿は優れていた。

「ですが私は、それらを望んだことは一度もないのです」

これは、なかなか衝撃的な告白だった。

あんのじょう小大輔はぽかんと女主人を見つめている。普通に結婚をして子を産んだ彼女には、にわかには理解しがたい発言だろう。結果的には失敗に終わったが、最初から期待をせずに結婚に臨(のぞ)んだわけではない。夫とした男性を好ましく思った。妻となって子を産むことで、幸せになれると思ったから結婚をしたのだ。

結婚を毛嫌いしていた荇子は、小大輔よりは少し柔軟に対応できそうだが、さりとて麗景殿女御の言い分は、結婚という仕組みそのものを嫌がっている荇子の考えともなんだかちがう気がした。

真意を探り当てるべく、頭の中で麗景殿女御の言い分を反芻(はんすう)する。しかし結果としてこれしか思い浮かばなかった。

「その……妻となることも、母となることも望んではいないということですか?」

「立場上、それが務めであることは分かっています。けれど憧れたことは、物心ついてから一度たりともありませぬ。ゆえに主上のお姿に胸をときめかせている女房や妹達、なにより弘徽殿女御様の言動を目(ま)の当たりにするたび、やはり私は女子としてだいぶ変わり者なのだと思うのです」

荇子の確認を、麗景殿女御は否定しなかった。そして自分を変わり者だと認めた。

帝との相性ではなく、単純に恋に興味がない。あたり前だが憧れたこともない——その結果として、妻となることも母となることにも興味がないのか？

いや、後者が恋ではなく義務であることは認識しているようだから、別枠としてこちらにも興味がないのか。つまり恋、結婚、出産と、一般的には女性の人生の重大事項とされるすべての事柄に最初から興味がない。

（うわあ〜、これは手強いよ）

荇子ははっきりと怯んだ。

しかしここで、そんなことはあり得ない。あなたはまだ本当の恋を知らないだけだ。あるいは、そのうちきっと良い人に巡りあえる（すでに既婚者だが）などと見当違いの慰め方をしては、麗景殿女御の周りにいる〝常識〟で彼女の気持ちをすべておしこめようとする女房達となにも変わらない。

これまでの常識や観念をひとまず頭の中から取っ払うべく格闘する荇子の横で、小大輔はいよいよ混乱を極めた顔をしている。程度の差はあれ衝撃で返答もできずにいる二人の女房に、麗景殿女御は力なく肩を落とした。

「そんな私の好みにあわせては、かなり非常識な結果になりはせぬかと」

なるほど。それも女房達の言いなりになっていた理由か。

恋をすることも含めて、結婚や子供に興味を持てなかった麗景殿女御は、女人として自分が間違っているのだと思ってしまっていた。だから気が弱いわけでもないのに、女房達の言いなりになっていた。

気がつくと小大輔が助けを求めるような顔で、苻子を見ていた。どうやら理解が追い付かないらしい。しかし麗景殿女御に恩義がある彼女は、真っ向から否定をするという非礼な真似はしなかった。

苻子はこめかみをぎゅっと押さえ、考えを整理する。

麗景殿女御の個人的な志向や価値観はこのさい置いておく。妻であるのに夫に興味を持てないというけれど、それは夫婦お互いさまだから非難する必要もないのだ。それよりまず解決しなければならぬことは、唐錦にまつわる二人の女御の軋轢だ。

「大丈夫です」

きっぱりと苻子は言った。麗景殿女御の告白が衝撃すぎて失念しかけていたが、好みの衣を選んでもらうように促していたところだった。

「禁色と凶服でなければ、なにを選んでいただいても大丈夫ですよ」

小大輔は目的を思いだしたように、横で相槌を繰り返した。

麗景殿女御はしばし疑うような表情をしていたが、二人の女房の促しに臍を固めたようだった。

「紺がよい」

口調に迷いはなかった。今日までずっと、それを願っていたからだろう。

また女人にしては個性的な色をと苦笑しかけたが、涼し気な面差しで肌の美しい麗景殿女御には、きっとよく似合うだろう。

「夏の初更の空のような、月の明るい夜空のような、そんな濃く澄んだ紺色がよいです」

九日の重陽の節会も無事終わり、柱にぶら下げていた薬玉もすべて茱萸嚢に取り換えられた。薬玉は五月五日の端午の節会に飾るもので、九月九日の重陽の節会に呉茱萸の入った緋色の袋、つまり茱萸嚢と交換する習わしとなっているのだ。

その翌々日の昼下がりは、実に見事な秋日和であった。

朝餉壺の萩の花はだいぶ散ってしまっていたが、女郎花や藤袴が風情のある立ち姿を秋風にそよがせている。空気は澄み切って爽やかで、軒端の先にはくっきりとした淡縹色の空が広がっていた。

朝餉御前を終えたのち、帝は脇息にもたれてしばし前栽を眺めていたが、やがて首を傾げつつ言った。

「ここの花はきれいに咲いているな」

ちょうど簀子を歩いてきていた苻子は、下長押の前で膝をつく。抱えた花器には赤みを帯びた若い花穂をつけた薄が活けてある。

「さようでございますね。今年は猛暑ゆえか、萩は少し元気がありませんでしたが、秋に入ってだいぶ涼しくなりましたので、この時季の花々は例年と変わらぬようにお見受けします」

「だが四条邸の草花は、半分以上枯れていたそうだ」

思いもよらぬ事態を告げられ、苻子は目を瞬かせる。

そういえば姫宮の先月の月命日の頃、征礼がそんなことを言っていた。撫子は無事だったが、前栽がことごとく弱っていた。ただそのときは猛暑のせいだろうと、誰もさほど気にしていなかった。

しかし秋となり涼しくなってもなお、状態がそれほど悪化しているというのか。

「昨日、雑仕女から征礼にそのような報せがあったそうだ」

「よからぬ虫が蔓延るか、根腐れでも起こしているのではありませぬか？」

「私もそう思っている。ひとまず庭師を赴かせるつもりだが、雑仕女達は怪異と怯えているらしい」

不気味に思うのは、まずは庭師の見解を聞いてからでも良くないか？　そんなことを荇子が言うと、帝は「雑仕女が、怪しい物音を聞いたと訴えるのだ」と返した。

「怪しい物音？」

「言われて僕が庭を見に行ってもなにもない。しかも僕自身は物音など聞いていないというから、雑仕女がいっそうおびえている。こうなったら陰陽師(おんみょうじ)も寄越してやらねば気が静まらぬやもしれぬ」

やれやれとばかりに帝は言う。

当人は怪異説はまったく信じていないようだが、邸を守る雑仕女のために、わざわざ陰陽師の派遣を検討(けんとう)する。少し深入りしてみれば、帝が印象よりもずっと有情の人だというのが分かる。

自分の好きな相手にのみ情を示すのは簡単なこと、利己主義と同じだと言ってしまえばそれまでだが、ごく一部の限られた人達にだけむけられるその愛情が、打算や損得とはまったくかけ離れたところに起因しているから始末が悪い。

皐月(さつき)に押し掛けてきた皇太后にはあれほど容赦(ようしゃ)ない拒絶をしながら、最愛の妻・室町御息所(むろまちのみやすどころ)と愛娘(まなむすめ)・女一(おんないち)の宮(みや)と過ごした四条の邸を守りつづける位もない雑仕女達には、公卿(くぎょう)達にはかけらも示さない細やかな心配りをする。

困った人だ。

せめてもう少し世渡り上手になってくれないかと、まるで友人か兄に対するようなことを思う。かつて征礼が帝について語った『放っておけない』という気持ちに、荇子も傾きつつあるようだ。

荇子は花器を棚に飾った。真っ白に開く前の薄の花穂は、唐猫の毛並みのような美しい艶がある。花器を置いていったん簀子に出た荇子に、気のないふうに帝は言った。

「そろそろか」

「はい、いつでも大丈夫です」

悪びれたふうもなく荇子が答えるものだから、帝は不満げに息をつき、渋々と腰を上げた。荇子は露払いとして、彼の前に立つ。これから麗景殿に向かうのだ。不意打ちが狙いだから、先触れは出していない。

女御と小大輔には知らせているが、女房達はさぞ驚くだろう。

途中で弘徽殿の何者かの目に触れる可能性はあったが、位置的にしかたがない。

別の妃が上御局に出向くのを見るのは慣れていても、帝が他の妃の殿舎に向かう姿を見るのは心穏やかではないだろう。さりとてそのためだけにわざわざ大回りをするつもりはないし、そんな小細工をしたところでどうせばれる。

滝口の陣の前を通ると、警固の武者達がびっくりした顔で渡殿を見上げたあと、あわてて顔を伏せた。承香殿の西面に住んでいた女一の宮が身罷って以来、帝がこの付近を通ることはまずなかった。

そもそも儀式で紫宸殿に出向くとき以外は、庭を散策することはあっても自分からは他の殿舎に赴かない御方なのだ。

基本的に帝は妃を呼ぶ側で、彼等が妃の殿舎を訪ねることはあまりない。

それでも先々帝などは、不意打ちで妃の殿舎を訪ねることはしばしばあった。そうやって彼女達を驚かせて喜ぶという、少年のように無邪気なところがある御方だった。明るい気質の彼は、多くの妃を寵愛していた。

しかし今上は、父親とは正反対だった。

今上が自身の意志で妃のもとに出向いたことは、荇子が記憶しているかぎり一度もない。ときおり弘徽殿女御が、催し物をすると言ってお越しを願い出ることがある。そのときはたいてい誘いにのるのだが、帝が自分から行くことはない。

それを弘徽殿女御がどう思っているのかは分からぬが、表立って不満は聞こえてこなかった。気鬱となる前の先の中宮ともそんな感じであったからなのか、帝とはそんな存在だと思っているのかもしれない。

それが今回、これである。

事態を知ったときの弘徽殿女御の心境を思うと胸が痛むが、そちらからの反物を麗景殿女御にようやく受け取らせたのだから許してほしい。直嗣から報告を受けた弘徽殿女御は心も晴れて、例の唐錦をさっそく小袿に仕立てさせたと聞いている。

長い渡殿を進み、麗景殿の西簀子に上がる。そこから左側をむくと、少し先には蘇芳色の唐衣をつけた小大輔と、彼女に付き添われた麗景殿女御が並んで立っていた。

麗景殿女御は檜扇をかざして顔を隠していたが、壺庭を眺めているので横向きとなっていて荇子達の方角からは丸見えだった。

いい顔をしていると、距離が近づくにつれて荇子は確信した。

奥に立つ小大輔と、壺庭の紫苑を指さしながらなにやら話しあっている。

その麗景殿女御がまとう紺色の小袿は、こうやって太陽の光に照らされると地紋が瑠璃色に浮き上がって見えた。あれは反物で見たときは気付かなかった。

荇子の注文で直嗣が持ってきた反物は、勝見襷を織り出した固地綾だった。男性の袍などにも使われる非常にしっかりとした生地で、上文がないので小袿としては少し物足りぬ気もしたが、麗景殿女御がそれが好きだというから、それ以上周りが言う必要はない。反物を見た麗景殿女御は、これまで見たことがないほどに目を輝かせていたという。

それを小大輔が小袿に仕立てあげた。裏地にも女御の希望を取り入れて、半色の平絹を使って於女里仕立てとして少しばかりの華やぎを添える。個人的にはあの紺の裏地には少しくすんだ紅か蘇芳色が映えると思ったが、現状ではとにかく麗景殿女御の好みを優先した。

小袿の下には、白の袿を五領かさねている。単だけは蘇芳色をと提案すると、最初は渋い顔をしたが合わせてみたことで納得したようだった。

「女御様、日に焼けますからそろそろお入りください」

「高貴なお方がそのように端近に出るものではございません」

「小大輔。そろそろ女御様を中に――」

廂のむこうで、女房達があれこれと言ってくる。

「そのように地味な衣をわざわざ召して、弘徽殿方に気遣う必要はございません」

腹立たし気な声に覚えがあった。おそらく麗景殿女御の乳母である。直嗣から贈答された反物を見たとき、こんな地味なものを若い女御様に寄越そうとするなどと馬鹿にしているのかと、かなり怒っていたと小大輔から聞いた。彼女は養い君（麗景殿女御）が、事を収める為にしぶしぶ反物を受け取ったと考えているのだろう。

足音に反応して、打ち合わせ通り小大輔がこちらを見る。そうして彼女はわざとらしく驚いた声をあげた。

「まあ、主上」

廂の内が一気にざわつきだした。女房の一人などはいずるように出てきて、下長押をまたいで簀子に手をついてこちらを確認する。そうして「ひっ」と声をあげて、奥の者達になにやらわめいている。

相手が誰であれ、とつぜんの訪問が迷惑なことは古今東西変わりがない。けれど帝が来ると先に知らせてしまっては、麗景殿女御が殿方が好む（と女房達が信じている）華やかな彩の衣に着替えさせられてしまう危険性があった。芯は強いが争いごとを好まぬ女御に負担はかけたくない。

「なにもおかまいなさらぬよう」

荇子は声をあげた。

「主上はこちらの壺（壺庭のこと）を御高覧に参られただけでございます。長居はなさいませぬ。ただ紫苑がたいそう美しく咲いたと、こちらの女房から話を聞きましたので」

「急にすまなかった」

誰にともなく帝が言うと、奥の女房達がいっせいに息を呑む気配が伝わる。彼女達は帝の声を聞いたこと自体がひどく久しぶりではあるまいか。

麗景殿女御は檜扇を翳したまま、上目遣いに帝を見つめる。帝は二藍の御引直衣の裾を引きながら女御へと近づく。

荇子と小大輔はそれぞれに引き下がり、二人並んで下長押の前に立つ。帝と麗景殿女御は無言のまま見つめあう。帝が彼の妃に対してそうであるのと同じように、麗景殿女御が背の君にむける眼差しには熱がなかった。

恋に興味がないという衝撃的な告白を聞いたあとだから、そう感じてしまうだけかもしれない。しかし後ろ盾がしっかりしていた頃の先の中宮の眸は揺るぎない自信に満ちていたし、夢見るような眼差しの弘徽殿女御はいまでも帝の寵愛をなにも疑っていない。

彼女達に比べると、麗景殿女御の眸は最初から冷めていた。理知的で、なにものにも溺れないしっかりした芯がある。それは彼女の、寵愛を求めていないから、好かれようと思っていないゆえの理性なのかもしれなかった。

女人として生まれながら、恋をして妻となること、そして母となることに憧れたことが一度もない。常識ではなかなかとらえがたい言い分だが、本人が言うからにはそうなのだろう。女人のあるべき気質ではないと自覚しながらどうしても変わらなかったというのだから、荇子のように怯えや嫌悪から故意に避けていたわけでもなさそうだ。

性分だとか天性だとかの言葉で片づけてよいのかは分からぬが、物心ついたときからそうだったというのなら、それはきっと生まれついてのものであるにちがいない。ならばいまさらとやかく説得したところで、石に灸(きゅう)を据えるようなもので意味はない。自分の理解の範疇(はんちゅう)を超えるというのは、その存在を否定する理由にはならない。

帝と麗景殿女御の間で、相手に対する熱のない眸が交差しあう。

そう言ってしまうと退く前の先の中宮との関係を思いだすが、こちらの夫婦の間に、あのような憎悪はない。代わりに打算、よく言えば知性がある。

麗景殿を見つめる帝の眸に、ほのかな温かみが差した。

以前は考えられなかったが、近頃になって帝は苻子にも同じような眼差しを見せるようになっていた。ちなみに征礼にむける目は、もっと柔らかい。

どうであれ、うっとりするほどの優雅さであることはちがいない。

しかし檜扇(ひおうぎ)の上に見える麗景殿の瞳には、あからさまな困惑が浮かんでいる。男に対して徹底して浮かれないところが、同性として痛快である。

帝は緩(ゆる)やかに口角を持ち上げた。

「その衣の染めは、まるで月夜のように深みがあるな」

奥の女房達の注目が一気に集まる。自分達が頭から否定した深い色の衣に、帝がはっきりと反応した。これは青天(せいてん)の霹靂(へきれき)であろう。華やかな彩こそ殿方の目を惹(ひ)く衣だと信じて疑わない彼女達からすれば。

もう一押しお願いします！　心の中で祈りつつ、荇子は目で訴える。

察したのか、あるいはもとからそのつもりだったのか、帝はさらに言葉を重ねた。

「深みのある色が、人柄を表しているようでまことに馴染んでいる。麗景殿。そなたには赤や紅より、そのような色がよく似合う」

女房達からその話を聞いた一の大納言は、翌日にはもう新しい反物を届けさせた。縹色、深藍色、二藍。これまでとはまったくちがう色合いの反物の中から、麗景殿女御は小大輔と一緒になって自分の好みの色や柄のものを選びあげたと聞いた。

その話を荇子が伝えると、帝はあまり関心がないふうに「良きかな」と言った。まったく心がこもっていない。もっとも目的はすでに果たしているから、心をこめる必要もないのだが。

麗景殿の女房達の思いこみと押しつけを止めさせるには、帝の鶴の一声がもっとも有効だ。そう考えた荇子は、帝に女御の衣装を褒めるように依頼をした。話を聞いたとき、帝は気乗りしないふうだった。

『そんな白々しいことを言っても、麗景殿女御にはすぐにばれるぞ』

さらりと返された言葉に、荇子は素直に驚いた。自分の妃達になにひとつ興味がないくせに、彼女の聡明さは認識していたことが意外であった。

『ご心配なく。女御様は主上のお言葉など、なにひとつ気にかけておられません』

『……だろうな』

やや不機嫌な顔をしながら、帝はあっさりとそれを認めた。

藤壺からは憎悪され、弘徽殿からはなんの疑いもなく愛情を求められる。そんな両極端の妃を抱えていた帝は、麗景殿の自分への無関心にもとっくに気づいていたのだろう。

『両殿のいざこざを円満に解決するために、お二人に一芝居打っていただきたいのです』

麗景殿女御に、弘徽殿からの贈答品を受け取らせる。それを女房達にも納得させる。そのためだと説明すると、帝は了承した。そうして先日の麗景殿訪問となったのである。

反物を受け取ったことで、弘徽殿と麗景殿の対立はなくなった。表向きは——。

帝が麗景殿を訪ねたと知った弘徽殿女御は、きっと穏やかではないだろう。

あれは策略のひとつで寵愛(ちょうあい)ではないのだと教えてやれば心も晴れるだろうが、そこまで気を遣うつもりはない。内裏(だいり)女房である荇子の務めは、帝の意向を汲(く)みつつ宮中での騒動を鎮めることである。

弘徽殿女御を励ますのも盛り立てるのも、彼女の女房の役目だった。

今宵の後の月見に、弘徽殿女御は例の唐錦で仕立てた小袿を着てくるという。経緯はどうであれ、彼女は中宮にと名指しされた錦を手に入れたのだ。

はたして、どのようにして着こなしてくるものか。於女里には何色を使うのか。五つ衣と単のかさねはどのように選んだものか。まさしく女房達の腕の見せ所である。唐呉藍のあの華やかな錦を華麗に着こなすことができていれば、それがもともとは弘徽殿女御の為のものではなかったことなど人々は忘れてしまうだろう。

けれど本音を言えば、荇子は麗景殿女御がなにを着てくるかが楽しみでしかたがない。

世間の思いこみを多々に含んだ常識。異性の思惑。そんな様々な束縛から解き放たれた麗景殿女御が、どんな衣を選ぶものかを心から期待している。

禁色に違いはあれど、彼女の嗜好は荇子とも似ている気がする。それにあの着こなし上手の小大輔が、腕によりをかけて女主のために衣を選ぶことだろう。小大輔が弘徽殿の女房達とどのように張り合うか、それも見物である。

期待に高鳴る胸を抑え、荇子は空を見上げた。

まだ青い東の空に、ぽっかりと白い小望月が浮かんでいた。後の月見の宴までは、もう少し待たねばならぬようだった。

3章
竜胆の咲く庭

今上の東宮時代の住まい、四条邸の前栽が不自然に枯れている。

かねてよりあちこちで話題となっていた怪異がいよいよ放っておけなくなったのは、北山から届いた一通の文が切っ掛けだった。

差出人は、先年身罷った古参の親王の遺児である。

北山の宮と呼ばれたその方は、先々帝の弟宮で、今上からすると叔父にあたる。兄帝の東宮であらせられたが、そのあと自ら位を降りて北山の御殿に退いたゆえにそう呼ばれていた。

それ自体が十五年以上も前の話なので、荇子はその方の顔はもちろん人となりも退位の経緯も知らなかった。なにしろ数年前に身罷られたという報告を受けた時、そんな人がいたのかと驚いたぐらいなのだから。

宮と個人的に交流があったという阿闍梨の手を介したその文は、公卿や蔵人所の目に留まることなく帝の手に渡ったのだった。夜居を務めることもある高僧は、帝とも直接話すことができる立場にあった。

「御父君の魂が成仏をせず、いまだ中有を彷徨っているようなこととなれば、子としてこれ以上に悲しいことはないと、かように若君は仰せでございます」

墨染めの衣に九条袈裟を羽織った阿闍梨は切々と訴え、文を差し出す。荇子はそれを受け取り、御座所の帝にと手渡した。

「北山の宮に子がいたとは知らなかった。在所のおりに生まれた子供は、みな夭折したと記憶しているが」

「北山にお移りになられたのちに、ご誕生になられた若君でございます。お歳は十三、四ばかりかと。最初の北の方が身罷られたあと、継室として迎えられた南院家縁の姫が母君でございます」

南院家とは先の左大臣の系譜で、先の中宮と皇太后を出したかつての権門である。如子もこの系譜の出身となるが、いまは氏長者の地位も含めて弘徽殿女御側の北院家にすっかり勢力を奪われている。

しかし若君が生まれた頃を逆算すれば先帝が立坊されたあとだから、そのときの南院家は日の出の勢いだった。その門流の姫君を継室として迎えたというのなら、北山の宮は意外と尊重されていたのだろうか。

帝は折りたたんだ文を振るようにして広げ、ざっと目を通した。読み進めるにつれて形の良い眉が不審気にひそめられてゆく。やがて彼は文から目を離し、正面に座る阿闍梨に尋ねた。

「四条の異変への懸念は感謝するが、それに北山の宮の無念が関係しているとするのはいささか強引ではないか？」

そんなことが書いてあったのかと、荇子は帝が膝に置いた文を見た。あまり質が良くなさそうな白い薄様には、達筆だがどこか幼稚さの残る文字が記されてあった。件の若君の手蹟だとしたら、年齢を考えれば妥当なところだろう。

「北山の宮が恨んでいるとすれば、私よりも父帝と先帝であろう。もちろんお二方とも身罷られておいでだから、それでしかたなく私が標的にされたというのなら分からぬでもないが」

「標的などと、そのような不穏なお言葉を……」

阿闍梨はあわてる。

「されど経緯を考えますれば、北山の宮様に主上を羨むお気持ちがあったとしても不思議ではございません」

「それは私ではなく、先の左大臣と関白にむけてもらわねば困る」

「そちらもすでに身罷られた方々でございます」

「ならばちょうどよいではないか。彼の世でたっぷりと恨み言を述べればよい」

「肉体が滅びもはや念のみとなった存在に、そのような理屈は通じないでしょう」

帝は納得できない顔をしたが、阿闍梨の言い分のほうが誰がどう聞いても正しい。唇をへの字に曲げたあと、帝は肩を落とした。

「確かに。帝の子として生まれながら、三年忌もままならぬとあれば、前栽を枯らすくらいの恨みにはなるやもしれぬな」

四条邸の前栽が不自然に枯れていることは、内裏では皆が知るところとなっていた。庭師に加えて、陰陽師まで寄越したのだからとうぜんだ。しかし人里離れた北山にまで知れているとは思わなかった。

いったい、その文にはなにが書いてあるのか？　荇子は興味津々に薄様の文字をうかがったが、この位置からでは逆さにしか見えないので内容を読みとることはできない。

「分かった。甥として私が叔父上の法要を手配致そう」

帝の言葉に阿闍梨は深々と頭を下げた。

「ありがとうございます。若君もこれで孝が尽くせると、きっとお喜びになられるでしょう」

「北山の宮様は、身罷られてからもう四年は経っているはずよ。確か先帝が身罷られたのと同じ年だったと思う。え、まだ三年忌をしていなかったの？」

台盤所（だいばんどころ）に来た如子に先程の旨（むね）を伝えると、彼女は驚いた顔をした。ちなみに三年忌とは亡くなって二年目に行う法要である。

世間から忘れ去られていた人物というのに加え、身罷られた時期が先帝の崩御（ほうぎょ）の少しあとだったので余計に人々の関心を引かなかったのだろう。

だからといって三年忌をしないままというのは、いくらなんでもひどすぎる。如子が驚くのもあたり前だ。しかし二年前であれば十一、二歳であった若君に、法要を取り仕切れというのはさすがに酷（こく）である。

「北山の宮様の御継室は南院家の姫君だとお聞きしましたが、面識はございますか？」

「その方は若君をお産みになられて、すぐに身罷られたと聞いているわ。それに南院の姫といっても北山の宮にあてがうために連れてこられた傍流（ぼうりゅう）の方だから、実はよく存じ上げないのよ」

渋い顔で如子は言った。あてがうとか傍流とかの表現はきついが、如子に口調に侮（あなど）りの気配はなかった。むしろ罪悪感や同情の念のほうが濃くにじんでいる。

「なにがあったのですか？」

荇子は尋ねた。北山の宮が東宮位を降りたのは十五年以上前のことだというから、二十四歳の如子では詳しくは知らぬやもしれぬが。

「私も人から聞いた話だから――」

首を傾げつつ、思いだすように如子は話しはじめた。

北山の宮が東宮位に就いたのは、兄帝の即位とほぼ同時であった。そのとき先帝の長子たる今上は誕生していたが、ようやく袴着を済ませたばかりの童だった。長子ではなく弟への立坊に、周りのどのような意図があったのかは分からない。

帝の母親は親王娘・女王と呼ばれる身分の方で、高貴な出身だが権門の姫ではない。母親の立場に加えて幼弱という要素が加われば、立坊の対象とせぬ理由として十分だった。

ともかく北山の宮が東宮となって十年ばかりは、波風は立たなかった。先帝にも東宮にも幾人かの子は生まれたが、男児はすべて早世していたから、後継問題は多少の波はあっても基本的には凪いでいた。

大時化が生じたのが十八年前。

入内して二年目の南院家出身の女御に、男児が誕生した。先帝である。母親は先日出家した（させられた）ばかりの皇太后。このときは十九歳の花盛りの妃であった。

そのあとどういう経緯があったのかは分からぬが、とつぜん北山の宮が東宮位を下りたいと言ってきたのだ。本意とは思えなかったし、女御の父親である時の関白（如子と先の中宮の祖父にあたる）の意向が働いていたことは誰の目にもあきらかだった。だからこそ帝も『彼の世でたっぷりと恨み言を述べればよい』と言ったのである。

ともかく表向きは穏便に、東宮位は二歳の赤子に移行された。この頃の今上はすでに十五、六歳になっていたはずだが、とうぜんのように話題にものぼらなかった。

「そのような事情でしたか」

如子の話を聞き終えた苻子は、呆れ半分に言った。

「東宮位を譲らせた償いとして、関白は北山の宮様に南院家の姫君を、継室としてお与えになられたのですね」

「嫡流出身の方ではなかったので、北山の宮さまを婿として迎えるのではなく、その方を嫁に出す形になったのよ。まったくおためごかしにも程があるわ」

けんもほろろに如子は言った。彼女自身は南院家の嫡流だが、同族に対する言葉は手厳しい。父親が亡くなったあとの伯父（先の左大臣）と叔母（皇太后）の、彼女への仕打ちを考えればそんなふうに言いたくもなるだろう。

継室は若君を産んでまもなくして身罷り、北山の宮も四年程前に他界した。さすがに葬儀は周りの者が手筈したが、仕える者も一人減り二人減りとなった邸で、年忌を言いだす者はいなかった。

「いまになって遺児である若君が、法事を執り行って欲しいと主上に懇願の文を寄越されたというのね」

「そうです。四条邸の怪異は、父親が無念を訴えているのではないかと記されていたそうです」

「北山の宮様の無念に、主上は関係ないでしょう」

如子はまるでわがことのように不服気に言った。帝と同じことを言っていると、荇子は笑いそうになった。

「主上にとっては叔父君(おじぎみ)ですし、特に軋轢(あつれき)がある関係でもないからこそ、善意を期待なされたのでは？」

「だとしても主上に直接文を書くだなんて、ずいぶんと大胆(だいたん)な若君なのね」

「本当にそうですよね。しかも四条邸の怪異と結び付けて訴えてきたのですから」

知恵者と言えばそうだが、人の弱みをついているようで小賢(こざか)しい印象も否(いな)めない。妙な御託を述べるより、父親の年忌ができずに心苦しいと訴えた方が、素直に受け入れられた気もするのだが。

「でも主上が法要を引き受けて下さったのなら、大胆をした甲斐(かい)はあったということね」

「はい。主上は遣いの者を北山にお寄越しになられました。今頃はその者と若君で法要の段取りについて話しあっていることでしょう」

帝の素早い反応は、寄る辺のない若年者に対する同情もあったのだろう。

室町御息所と結婚をするまでの帝の孤独と不安は、想像に難くない。

孤独でも、身の回りのことをすべて己で成し遂げられる成人であれば良い。世の中にはむしろ孤独を好む者だっている。

しかしその頃の帝は、元服すら済ませていない十代前半の少年だった。保護が必要な年齢の者を孤独にしてはならないし、不安にさせてもいけない。

十三、四歳の若君が、当時の帝と同じ立場にあるのなら、それは年長者として手を差し伸べねばならなかったし、見た目よりずっと有情の人である帝がそう考えてもまったくあたり前なことだと荇子は思った。

翌日。北山に向かわせた遣いが、さっそく朝餉間に報告に来た。

彼曰く。北山の宮の邸はすっかり荒廃しており、とても法事が行える状態ではない。

そこかしこ崩れた築地は板塀で雑に補修され、庭は前栽など見る影もなく雑草が生い茂っているのだと、その哀れさをしみじみと語った。

「南院家は、もはや遺児に気を遣うところではないのだろうな」

皮肉気に告げられた帝の言葉に、襖障子の前で控えていた荇子は、この場に如子がいなくて幸いだったと思った。如子も自身の親族に複雑な感情は持っているようだが、かといって実家を当てこすられておいて平然とはできまい。

詳細はさておき表向きは円満に位を退いた北山の宮に、南院家は妻を与えて、経済的な援助をつづけていた。関白が身罷ったあとも、後継の先の左大臣が引き継いだ。

しかし二年前に彼が亡くなってから著しく凋落した南院家に、北山を、まして当人ではなく遺児を援助する余力はなかった。そうやって考えると北山の宮の葬儀は、先の左大臣がまだ存命だったから出来たことだったのかもしれない。

横で話を聞いていた征礼が、帝に問う。

「いかがなさいますか。人をやって修理させせましょうか」

「それはとうぜん行うとしても、完成を待っていたらますます法要が遅れるな」

「そのことでございますが」

遣いが身を乗り出した。彼の役職は治部省の少輔である。

「若君は父君の御法要に、ぜひとも四条の御邸を使わせていただきたいと思し召しでございます」

思いがけない要望に、帝は怪訝な顔をした。荇子と征礼は下長押を挟んで目をあわせ、どういうことだと共に首を傾げる。

帝は北山の宮とは甥と叔父の関係で、若君は従弟になる。確かに親戚ではあるが、そもそも皇家と摂関家はほとんどの者が血縁である。まして帝が親王時代を過ごした四条の邸が、北山の宮とその息子に特別縁があるとも思えない。

「なにゆえ、そのようなことを?」

帝の意を解した征礼の問いに、治部少輔は「実は……」と語りだした。

「四条の御邸に父宮様の霊が彷徨っているというのなら、話すことはできずとも気配なりとも感じてみたいと仰せでございます」

ずいぶんと突飛な理由に、荇子と征礼は同時に目を瞬かせた。

帝も不可思議だとばかりに眉をよせる。

「前栽が枯れた理由は確定しておらぬぞ」

「私も同じことを申し上げたのですが、可能性があるのなら夢でもお会いしたいと涙ながらに語られて……ご説得できませんでした」

治部少輔はしょんぼりと肩を落としている。まあ、十三、四歳の少年にそのように言われたらなかなか拒絶しにくいだろう。

四条邸を貸して欲しいという若君の願いは、けして大それたものではない。紫宸殿や清涼殿(りょうでん)で法要をしてくれと願っているわけではなく、いまは主もいない一町の広さの邸をいっとき使わせてくれと言っているだけだ。方違(かたたが)えで他人の邸を使うなどよくあることだから、それを考えれば常識の枠(わく)には収まっている。

しかし、あくまでも親しい仲であればの話である。これまでほとんど縁のなかった関係であるし、なにより父親の霊に会いたいという理由がにわかには信じがたい。

帝は顎(あご)に指を添え、しばし思案していた。

「……使わせぬという理由は別にないが」

釈然としない気持ちは分かる。気まずいのか、治部少輔は簀子(すのこ)の柾目(まさめ)に視線を落としている。

そこそこに長い間を費(つい)やしたのち、帝は顎から指を離した。

「征礼」

「はい」

「若君を北山から連れてまいり、法要が終わるまで四条邸に滞在させよ」

あ、了承した。意外なようで、とうぜんのような複雑な印象の結論だった。違和感を覚える程度には長く悩んでいたから、なにか面倒な条件をつけてくるかと思っていたがしごく普通である。

次いで帝は治部少輔に告げた。

「法要の次第は当初の予定通り、そなたに任せる。四条邸の勝手については、藤侍従に尋ねるがよい」

「承知いたしました」

「江内侍」

「はい」

帝の指名が鼓膜を震わせた。ぼんやりと話を聞き流していた荇子は、急いで顔をむける。

「そなたは四条邸に出向き、若君の世話をせよ」

予想外の命すぎて、すぐには理解が追いつかない。

「え……？」

「まだ少年である若君に、はじめて訪ねる他人の邸は勝手が分からぬであろう。まして北山で生まれ育ったのなら、洛中そのものに不安があるやもしれぬ。ゆえによく世話をしてさしあげよ」

しれっと帝は言うが、四条邸の勝手が分からぬのは荇子とて同じである。

しかも法要の準備から開催までとなれば絶対に一日では終わらないから、数日は御所を出なくてはならない。

「内府典侍には、私からも話しておこう」

ああ、これでまた変なことを勘繰られると荇子は頭を抱えたくなった。

文月に帝の命で先の中宮の里内裏を訪ねたのだが、このときも帝が如子に直接話したのだった。そのせいで荇子が帝を強請ったことが、如子にばれてしまった。もっとも如子はそのおかげで自分が典侍の職を得たことを承知していたので、からかうような反応は見せたものの、それ以上の追及はなくただ感謝の意を述べただけだったが。

それにしても、その年頃の少年の世話など想像がつかない。少女なら卓子を含めた若い女房で慣れているのだが。

いっそ卓子に手伝いに来てもらおうか。老若男女を問わず、誰にでも親しく振る舞える卓子であれば、少年とのやりとりに気まずくなったとき救世主になってくれるかもしれない。噂に過ぎない父親の霊に会いたいからといって、交流のなかった帝に直文を記すなど、件の若君は大胆かつそうとうな変わり者の予感がする。

荇子は帝に目をむける。流し目でこちらを見る帝と、視線があった。どうせ、またなにか企んでいる。しかし治部少輔もいるので、この場では問えない。

いずれにしろ立場上、断ることなどできないのだ。

「――承りました」

「そなたも四条邸で分からぬことがあれば、征礼に訊くがよい。征礼。そなたも江内侍の滞在中は、時折訪ねてやれ」

その発言自体は、治部少輔にしたものと同じような内容だった。

けれど帝の表情と口ぶりが、やけに意味深だ。

多忙であるにちがいないのに、ひょっとして暇人なのかと疑うほど、なにかにつけて帝は征礼との関係を進展させるようにせっついてくる。苻子に対してこれなのだから、寵臣である征礼にはもっと露骨なのだろう。

勝手が分からぬ若君の世話をせよ、という命令は本心だろうが、他にもなにか思うところがあるのではと苻子は邪推した。ふと目をむけると、征礼はなめらかな頰をうっすらと赤くしていた。思うところは同じであるらしい。少し怒ったような顔をしているところも含めて。

帝は常と変わらぬように澄ましているが、その口許が僅かに緩んでいる。

なにを楽しんでいるのやら。げんなりとする苻子と征礼の間で、ただひとり、治部少輔だけがなんの裏表もない笑顔を浮かべていた。

さような経緯で荇子が四条邸に出向いたのは、その翌日だった。

幸か不幸か、この日がたまたま吉日だったのだ。吉凶と十二直もだが、この日を逃すと方違えをせねばならぬ日が数日つづくので、そんな面倒なことになるのならと急いで御所を出てきたのである。

先の中宮を訪問したときはお忍びだったが、今回は公に帝の命令が出ている。ゆえに御所から小八葉の車を出してもらった。

「街に出るのは、賀茂祭以来ですよ」

櫨のかさねの重い唐衣になどものともせず、いくら言ってもしきりに物見窓から顔をのぞかせる卓子に、なぜ窓のない糸毛車にしなかったのかと荇子は後悔した。

結局、卓子を連れてゆくことにした。慌ただしい出発で熟考する間もなかったから、ほとんど勢いで決めてしまった。たまたま貞観殿が煩忙ではなかったのも後押しをした。

なにより奔放さに多少の危険をはらめども、いざとなったときの卓子の胆力は本当に頼りになるのだ。どうやら変わり者と思しき若君を一人で相手をするのは気が重いから、いざとなったら無神経と紙一重の卓子の無邪気さに頼ろうと思っている。

「若君様はあなたと同じ年頃だというから、私がお相手ができなかったら、そのときはよろしくね」

「えーっ、でもそんな高貴な方のお話し相手が私に務まりますか？」

らしくもなく謙虚なことを言うが、口ほどに気にした様子はない。荇子もあまり心配はしていない。なにしろ卓子は、あの圭角の多い如子とでさえ、初対面のときからなんなく話してしまっていたから、よほどの変人でないかぎり大丈夫だと思う。

「あなた一人に押し付けるつもりはないわ。私と征礼ももちろんお相手を仕るつもりではいるから」

「あ、そうか。藤侍従さんもいらっしゃるんでしたね」

卓子は両手を打ち鳴らした。荇子は返事をせずに渋い顔をしただけだった。

御所を出るときのことを思いだすと、いまでも顔から火が出そうだ。

四条邸に出向くことを内裏女房達に伝えたとき、北山の若君を征礼が連れてくることはすでに知れ渡っていた。

こうなると気心の知れた者達などは、軽い口調で「うまくやって」「楽しんできてね」などとひやかすように言ってくる。仕事だと何度言っても話が通じない。しかも弁内侍など卓子に「二人の邪魔にならないよう、うまく若君の目をそらすのよ」などと本末転倒なことを言ったのだから、まったくなんのために四条邸まで出向くと思っているのだ。

極めつけは御所を出るとき、麗景殿所属の小大輔までもが出てきて、弁内侍や伊勢命婦と一緒になって妙な声援で送り出されたことだった。

秋晴れの空の下を牛車は進み、辻を左折して大路に入った。

西側にある正門から車寄せ（牛車の乗降口。沓脱の場所）に乗りつけて、卓子と一緒に車を降りると、その先に萌黄色の狩衣を着た征礼が出迎えに来ていた。

「早かったな」

さらりと征礼は言った。出掛けに荇子が、朋輩達からさんざんからかわれたことなどもちろん彼は知らない。

荇子は征礼の背中越しに、奥にとつづく中門廊を見た。通常の造りであれば、この先は対の屋かもしくは寝殿につながっているはずだ。

「若君様は、もうお出でなの？」

「少し前に着いて北の対にご案内したところだが、車に酔ったとかで伏せってしまわれている」

「北山からの道は、そんなに揺れたの？」

「俺は騎馬だったから、よく分からない」

なるほど、それで狩衣を着ているのか。荇子は黄金色に変わりはじめる寸前の銀杏のような色合いの衣に目をやる。

「どうも、車には乗り慣れておられぬようだ。確かに北山を出られることなど、ほとんどなかっただろうから」

征礼は上半身を倒すようにして身を寄せ、声をひそめた。

「そもそも車をお持ちではなかった」

そういう事情か。

車の所有は牛の世話も含めて、買うのも維持にも経費がかかる。

いかに忘れ去られたと言っても、父親の北山の宮には品位に応じた御封（封戸）が授けられていたはずだ。もっとも近年では公領が荘園に侵食されつつあるので、封主にどの程度きちんと納められているか定かではないが。

御封に加えて数年前までは南院家の援助もあったから、少なくとも生活に事欠く状況ではなかった。

けれど父親が身罷り、南院家も凋落した。件の若君が生活に困窮していたであろうことは、火を見るより明らかだった。車などとっくに手放してしまっていたのだろう。

「馬はまだお持ちだったから、野駆けなどはなされていたようだけど」

「だったら、馬でお連れしてさしあげたほうが良かったですね」

顔をつきあわせて話しているところに、文字通り卓子が首を突っ込んできた。苻子と征礼はぎょっとして上半身をのけぞらせる。驚かせるなと咎めるような二人の視線など、どこ吹く風で卓子は語る。

「この季節なら、騎馬のほうが車より絶対に気持ちがいいですよ。風が一番気持ちのよい季節ですもの」

高貴な方が乗る車は、そういうものではない。たしなめようとした荇子の横で、征礼が苦笑いをする。

「帝の勅でお迎えにあがるんだ。二人並んで馬を駆るというわけにはいかないさ」

「でもそれで気分を悪くなされたのなら――」

「それは結果論でしょ。車に乗ったら絶対に悪酔いなさると分かっていたのなら、征礼だって別の手段も考えたわよ」

なおも粘ろうとする卓子を、荇子は黙らせた。

そこでこの話はいったん終わらせ、荇子達は室にむかった。中門廊をずんずんと進んでゆく征礼に、彼がこの邸に通じていることをあらためて実感する。今上が彼の妻子とここで過ごしていた頃、征礼は頻繁に出入りをしていた。

そのときの荇子は宮仕えをはじめて間もなかったから、寂しさもあって征礼と顔を合わせられぬことを不満に思っていた。そのいっぽうで、名目だけの東宮として世間から軽んじられていた今上に仕える征礼の誠実さを、幼馴染として誇らしく思ってもいた。ちなみにそのときは今上に対してはお気の毒な宮様だと同情するだけで、まさかあんな食わせ者などとは想像もしていなかった。

中門廊は片側が吹き放ちになっているので、少し進むと南庭が一望できる。豊かな水量の池には中島が浮かび、松や楓等の植物に加え、立石などが形よく配されている。反り橋はきれいに塗装されており、主がいない邸にもかかわらず丁寧に手入れされていたことがうかがえる。

だからこそ、あちこちに見える草花の悄々たる有様が悪目立ちをしていた。

荇子は立ち止まり、すっかり枯れ果ててしまって元がなんであったのかも分からぬ枯草を一望した。中門廊付近もだが、中島に生える草花も元気がない。半分近くは萎れてしまっている。

「確かに、これは奇妙ね」

先を進んでいた征礼は足を止め、数歩引き返してきた。

「だろ」

「お庭全体が、このような感じなのですか？」

卓子が、枯草の群れに痛まし気な眼差しをおくる。

「そういうわけではない。あの釣り殿のむこうなどは、まだや鶏頭や紫苑がきれいに咲いている」

そう言って征礼は、西側を指さした。池の端、東の中門廊と向きあうような位置に釣り殿が設えられている。あいにくここからでは、様子は見えなかった。

「このあたりだって、全滅というわけではない。あちらには藤袴や桔梗が残っている」

征礼は指を動かした。確かに草花はまだ残っている。枯草の印象が強すぎて、気がつかなかった。

「庭師はなんと言っていたの？」

「病気ではなさそうだと。水不足か、逆に水をやりすぎたとか。あるいは土があわないとかではないかと」

「土があわないって、いまさらそんなことがあるの？」

樹木を植え替えたのなら分かるが、枯れたのも萎えたのも多年草の草花である。荇子の疑問に征礼もうなずく。

「だから庭師も首を傾げていたよ」

「奇妙な話ですね。これはやはり、物の怪のせいではありませんか？」

空気を読まずに声をあげた卓子を、荇子はひとにらみする。卓子は頬を膨らませ「だって……」とぼやいた。

「父上様の御霊にお会いしたいという理由で、若君はお出でになられたでしょう。それでしたら物の怪が存在したほうが、若君様にとっては喜ぶべきことではないですか」

「屁理屈を言わない」

苻子は言った。

「物の怪という存在は、特に人であれば、成仏しきれずに彷徨っている魂のことよ。身内として一度なりともまみえたい気持ちは分かるけど、優先すべきは浮かばれない魂の救済であるべきだわ。それを喜ぶべきことだなんてとんでもない」

こういうことをはっきりと言えたのは、小大輔の件が影響しているのだろうと苻子は思った。愛する者の死を受け入れることはひどく辛いことだけど、未練のあまり理を侵しては身の破滅を招きかねない。

「……そうですね。軽はずみでした」

どうやら響いたとみえて、卓子はしょんぼりと肩を落とした。少しきつかったかと、取り成しと念押しを兼ねてあらためて告げる。

「でも若君に、いまはそんな道理をお伝えする必要はないから」

「え、どうしてですか?」

「こんな怪異にさえおすがりになるのだから、きっと父上様を亡くされた哀しみでまだ混乱なさっておられるのでしょう。しばらくは思うがままにさせてさしあげましょう」

故人の魂の救済が第一だという先刻の自身の言葉とは矛盾はするが、それで若君が心の安定を得られるというのなら、しばらくは大目にみてもよいと荇子は思う。

北山の宮の薨去から四年が経つ。それだけの年数が過ぎても、さしてゆかりもない四条邸の怪異に自分の父親の無念を関連付けさせてまみえたいと訴えるなど、件の若君はそうとうに追いこまれているとしか思えない。

本音を言えば、父親の霊ではないかという訴えは与太としか思わぬ。しかしそれで若君の気持ちが静まるのなら、しばらくは様子を見てもよかろう。帝もそんな腹積もりで、四条邸での法要開催と若君の滞在を許したのだろう。生きている者の精神の救済と、成仏しきれぬ霊魂の救済のどちらに重きを置くかの選択は、その関係性にも左右される。

「立ち話はそれぐらいにして、そろそろ行こう。局に案内するから」

征礼に促され、荇子達はうなずきあう。

中門廊を奥に進んで、東の対に上がる。廂の間を通り越して、母屋に案内された荇子はたじろいだ。母屋は主人の居住域で、女房の身分では普通は廂である。

「どうせ誰も住んでいないから好きに使えと、そう主上が仰せだったから」

帝の東宮時代に、この邸に入り浸っていた征礼は気楽に言うが、荇子としては落ちつけるはずもない。いっぽう卓子はこだわらないもので「わあ、立派なお部屋ですね」などとはしゃぎながら畳に上がって足を伸ばしている。その畳が親王か大臣にしか許されない大紋の高麗縁であることに気づいて、荇子は青くなった。

「ちょっと、降りなさい」

「え、なんですか?」

征礼も気づいたようで「ちょっと待っていろ」と言って簀子に出ていった。

ほどなくして若い僕に、紫縁の畳を持たせて戻ってきた。二枚の畳を軽々と両脇に抱えた筋骨たくましい青年は、萎烏帽子と短い括袴をつけていた。

そういえば帝が話していた。不審な物音におびえる雑仕女に、僕が夜の庭を確認に行ったが、なにもなかったのだと。話を聞いたときはずいぶん度胸のよい僕だと思ったが、それがこの青年なら、これだけ立派な身体付きであれば怪異など恐れぬやもしれない。

分相応な畳を敷いて、高麗縁のものは塗籠に片づけてもらう。やれやれ、これで落ちついて腰を下ろせる。荇子と卓子が座ると、その正面で征礼は胡坐をかいた。

「あとから雑仕女が顔を見せに来るはずだから、なにか頼みたいときは彼女達かさっきの僕に言ってくれ」

主のいない邸で奉職をつづける彼等は、東宮時代の帝に仕えてきた者達だった。築地塀も含めて建物は傷んだところもなく、雑草もほとんど生えていない。彼らがきちんと手入れをつづけていたことは明白だった。この邸に来て、帝が陰陽師を手配したことをあらためて納得した。

「ところで、法要の準備は進んでいるの？」

「大方の仏具は整えたと、治部少輔は言っていた。法要は少しあとになるけど、暦の問題でしかたがないな」

高価な仏具を早々に運び入れても、物盗りを招き寄せるだけだ。当日にというのは理に適っている。ちなみに若君の滞在を受けて、四条邸には数名の舎人が配置されることになった。これは荇子達にも心強かった。

「ところで若君はどこでお休みになられているの？　具合が良くなられたのなら、ご挨拶をしたいのだけれど」

「北の対にお通ししたけど、ちょっと様子を見てくるか」

独り言のように征礼が言ったとき、廂の間に纁色の舟型袖に白っぽい裳袴をつけた雑仕女が姿を見せた。

征礼はいちはやく彼女の参上に気づいた。

「上雑仕の菜々女だ。ここの奥向きを采配している」

菜々女はぺこりと頭を下げた。四十歳を少し越したくらいだろうか。こういう言い方は良くないやもしれぬが、身分のわりに品の良い顔立ちをしていた。この者が怪しい物音を聞いたという雑仕女であろうか。

「つい先程、若君様の局をお伺いしてきましたが、まだご気分が優れぬと仰せでした」

どうやら荇子と征礼のやり取りを聞いていたらしい。

「大丈夫？　薬師を呼んだほうがよくない」

「私もそのようにお勧めしましたが、薬が嫌いなのでいらぬと。もうしばらく横になっていれば治ると思うから、しばらく放っておいて欲しいと仰せでございました」

荇子と征礼は目を見合わせる。征礼はこのあと御所に戻ることになっているから、これ以上の長居はできない。つまりこの場を逃すと、征礼に引き合わせてもらうことはできなくなる。

「薬が嫌いだなんて、子供かうんと年寄りみたいなことを言う御方ですね」

卓子が言った。小馬鹿にした言葉も、あっけらかんと悪意なく言われると窘める気が失せる。正直に言えば、荇子も同じことを思った。薬が嫌いというのは大方の者がそうであろうが、服用を拒絶までするのは子供か頑固な年寄りくらいである。

どうしようかと多少は迷ったが、大丈夫だと言っているのを無理に押しかけて機嫌を損ねてしまったりしては今後がやりにくくなる。ならば本人の希望通り、しばし様子を見ようということにした。

「悪いな。今日はどうしても御所に戻らないといけないんだ」

去り際に申し訳なさそうに言う征礼に、荇子はゆっくりと首を横に振った。

「気にしないで。ご気分が回復した頃を見計らって、ご挨拶にうかがえばよいだけのことよ」

いかに皇族とはいえ、未成年を相手にその程度のことで緊張していては、女御や大臣とのやりとりなどできない。宮仕え八年目にもなる中堅を嘗めないでもらいたい。

「大丈夫よ。安心して行ってきてちょうだい」

胸を叩く荇子を、征礼は頼もし気な顔をする。

征礼が出ていったあと、卓子がすすっといざり寄ってきた。そうして眸をきらきらさせて荇子を見上げる。

「なんだか、ご夫婦みたいでしたね」

馬鹿なことを言うなと返してやりたかったが、それも大人げない。それに出掛けに同輩達から似たようなからかいを一身に浴びてきたから、もはや感覚が麻痺してしまっているようだった。だから荇子はちょっと疲れたように「あら、そうだった？」とだけ返した。

菜々女が食事を用意してくれたので、若君の回復を待つ間にそれをいただいた。

姫飯に、主菜は鯵の干物。副菜に茄子の焼き物と、蕪と菜物の羹がつく。塩味のきいた干物と白飯の組み合わせは最強だと荇子は思う。粥に混ぜこんでも本当に美味しい。都と大和しか知らぬ荇子は、海の魚は干物でしか食べたことがない。弁内侍と伊予命婦は、父親の赴任に伴ってそれぞれに播磨と伊予で暮らしたことがあるので、そのときは新鮮な海の幸をよく食べたと言っていた。脂がのった旬の魚を塩焼きにすると、川魚の鮎とはちがった風味で絶品だったと言っていた。

食事が終わって白湯を飲んでいると、卓子が外のほうを見ながら言った。

「腹ごなしに、そのあたりを散歩しませんか」

「庭に出たいの？　このあと若君にご挨拶があるから、それまで衣装は解けないわよ」

宮中からの使者なので、荇子も卓子も唐衣裳である。唐衣は半色。表着は荇子には珍しい薄紅色だった。唐草の地紋のある綾地綾は、実は麗景殿女御からもらったものだ。あれ以降、麗景殿女御は好みではない衣装を下の者に分け与えているらしい。これを機会に嫌いな衣装を一掃するつもりかもしれない。

功績があったという理由で荇子と小大輔は真っ先に呼ばれ、好きなものを持っていってよいと言われたのだが、いかんせん中臈の身分にはその多くが禁色であったので、やむなく選びあげたのがこの表着と、蘇芳色の綾地綾の袿だったのだ。

「もちろん、邸の中だけですよ。数日は滞在するのだから、位置関係は把握していたほうがいいでしょう」

珍しくもっともらしい卓子の提案に、荇子は同意した。

簀子に出ると、中門廊とは少しちがった角度で南庭に臨む。右手には寝殿につながる透渡殿があり、その下をさらさらと音をたてて遣り水が流れている。征礼は体調を崩した若君を北の対にお連れしたと言っていたが、それは一般的に寝殿の奥にある建物だ。

透渡殿に上がると、東の対と寝殿の二つの建物、北側の渡殿に囲まれた壺庭がある。蛇行する遣り水が本物の小川のように見える。

「あら、こちらの前栽は無事のようですね」

卓子に言われるまでもなく、荇子も思っていた。

壺庭には常緑の橘の低木と、二本の呉竹が形よく配されていた。橘は硬い黄金色の実を数個実らせている。高さのちがう呉竹は、ちょうど大人の男女の背丈くらいで、まるで寄り添っているように見えた。

「でも、この壺には草花はないから」

「物の怪だとしたら、草花だけ狙って枯らすというのもおかしな話ですね」

「普通に考えて、草花のほうが樹木より簡単に枯れてしまうわよ」

その点で言えば樹木が無事であることは正しいのだが、物の怪の仕業だとしたらそんな理通りになるのもなんだか奇妙な気がする。

透渡殿から寝殿の簀子に上がり、南庭と平行に進む。中門廊から見たときは気づかなかったが、中島の楓は部分的に色づきはじめている。枝振りも形よく、もう少し秋が深まれば見事な花紅葉となるだろう。

「素敵な御邸ですね」

しみじみと卓子が言った。

「本当ね」

素直に荇子は答える。前栽が枯れていなければ、季秋の美しさがさらに際立っていただろう。そう考えると、この怪異がつくづく惜しい。

「こんなに丁寧にお手入れをしているということは、主上はこのお邸をいずれは後院にと思し召しなのでしょうか？」

何気ないように卓子が言うが、退位の意志を示していない今上に対して、後院の話題をするのは不敬であろう。そもそも三条大路沿いに、朱雀院と称される広大な上皇御所が存在している。

「東宮さえいらっしゃらないうちから、退位後のことなど考えておられないわよ」

口やかましく注意するのもそろそろうんざりして、荇子はさらりと咎めるだけに留めておいた。

「西の対に行ってみましょう」

荇子が指さすと、卓子は大きくうなずいた。

「私、釣り殿に行きたいです」

「ああ、魚が見えるかしらね」

寝殿の簀子をつききり、西の対に通じる透渡殿に上がる。

右手にひろがる壺庭についと顔をむけ、荇子は目を見張った。

そこに一人の少年が立っていた。ほっそりとした身体に深縹の水干をまとい、黒々とした垂髪を元結でひとつに束ねている。なぜなのか青紫の竜胆の花束を抱えているが、それが驚くほどさまになる、繊細な目鼻立ちに初々しさをただよわせた美しい少年だった。

どこかで見たことがある。この少年が誰であるかより、まずそれを先に思った。

誰だっただろう？　考えている横で卓子が尋ねる。

「北山の宮様の若君ですか？」

年頃や身なりからして、それしかなかろうと思った。

はたして少年は、はっきりとうなずいた。

「いかにも」

凛（りん）とした声だったが、そこはかとなく硬さが残る。年若い上に人里離れた北山で育ったのであれば、初対面の人間相手には緊張もするだろう。

打ち解けてもらうには、まずここから見下ろす形はよろしくない。そもそも相手の身分を考えれば非礼極まりない。荇子はその場で膝をおった。

「江内侍（ごうのないし）でございます。主上から命を承（うけたまわ）り、御所から若君のお世話をうけおうべく参上仕（つかまつ）りました。父宮様の法要が終わるまで、こちらの乙橘（おとたちばな）とともに滞在いたしますので、どうぞなんなりとお申し付けください」

「乙橘です。どうぞよろしくお願いします」

　まるで友人に対するように朗（ほが）らかに卓子が言ったので、荇子は渋い顔をしかけた。しかし目の前の少年を様子を見て、むしろ卓子のような気さくなふるまいのほうが相手を緊張させないのではと考えなおす。

　というのも若君は、卓子の挨拶であきらかに表情を緩めたからだ。固い物言いで挨拶をした荇子には、ぎこちない警戒と、いかにもこの年頃の少年らしい根拠のない羞恥心をにじませていた。

　卓子を伴ってきたのは、やはり正解だったようだ。彼女の無邪気さを完全に見習うのは厳しいが、それでも相手の緊張をほぐすべく努めて打ち解けた口調で問う。

「藤侍従からご気分が優れぬようだとお聞きしておりましたが、少しはよくおなりでしょうか？」

　訊くまでもない。寝込んでいたはずの人間がはじめて来た他人の邸を散歩しているのだから、そりゃあよくなったのだろう。でなければ仮病ということになる。

「ああ。少し前からよくなったので、気分転換にこのあたりを歩いてみた。あなた達に報告をしなくて申し訳なかった」

「いいえ。さようなことはお気になさらずに。それよりも回復なされたのであればよろしゅうございました」

　素直な謝罪にかえって恐縮する。どうやら傲慢な性質ではないようだ。それだけで少し好感を抱いた。荇子は若君が手にした花に目をやる。

「そちらの竜胆はいかがなさいました」

「庭を散策していて見つけたのだ。周りの草花が萎れていたので、共倒れになるよりは部屋に飾ったほうがよいと思い、つい手折ってしまったのだが……」

ここにきて自分の行為に自信がなくなったのか、申し訳なさそうに若君は言う。いかに草花とはいえ、他人の邸のものを勝手に採取するのは良くない。けれど不自然に花々が枯れている怪奇な状況を案じての行為だから、悪質とは言えないだろう。そもそもこの邸の住人ではない苻子に、それを断じる権利はない。

「さように美しい竜胆が、まだ残っていたのですね。どちらの壺に咲いておりましたか」

「壺ではないが、あちらの渡殿の先に小さな籬があって、そこに咲いていた」

そう言って若君は、背後にある渡殿を指さした。寝殿と対の屋をつなぐ渡殿は、南北に二つあるのが通常で、いま苻子達がいる南の透渡殿は吹き放ちだが、北の渡殿は建具や壁で覆われている。二棟廊となっている物も多く、壁側は局として使われることが多い。

「……まあ、そうでしたか」

若君の手元を見ながら苻子は言った。華奢な印象のわりには骨っぽい手で、あちこち泥がついている。竜胆を摘んださいのものだろうか。よく見ると水干にも乾いた泥のようなものがついているではないか。

──ああ、これは。などと考えながら、荇子は気づかないふりをして語る。

「そんなところに籬があるとは、ちっとも存じませんでした」

「この邸は、南庭や壺庭だけではなく色々なところに目を慰める籬がある。主上がこちらにお住まいのときは、邸内を散策なされていたのであろう」

若君の言葉に、荇子は自分が知らぬ即位前の帝の姿に想像を巡らせた。

透渡や簀子から見下ろせる場所だけではなく、土に下りて草木や花を愛でていた。

荇子は帝が、御所に移ってからもこの邸の手入れを怠らぬ理由が分かる気がした。院御所のことなど考えていなくても、それだけの価値がこの邸にはあるのだろう。

その場所が、こんな怪異に見舞われている。痛ましい事態である。

気を取り直して、荇子は若君の顔を見た。

「御気分が回復したのなら、お食事などいかがでしょうか？　そのような状況では、こちらについてからなにもお召し上がりになっておられぬのではありませぬか」

若君の眸に安堵と喜びの色がさす。どうやら空腹であったようだ。

こくりとうなずいた少年が、これまでより幼く見えた。

「では、北の対に──」

お戻りくださいと言いかけて、荇子はふと思いとどまる。

「私どもは、若君をなんとお呼びすればよろしいでしょうか？」

北山の邸の家人であれば〝若君〟でも良いが、御所に仕える身としては、今後のことを考えれば特定できる呼び名が欲しいところだ。なにしろ世に若君はあふれすぎている。

「別になんと呼んでもらってもかまわぬ。しかし私は元服（げんぷく）をしておらぬから、実名（じつみょう）はまだはないぞ」

地味に酷（こく）な状態をさらりと告げられた。

実名は元服のさいに付けられるのが一般的だから、元服前の若君が持たぬのはしごくとうぜんだった。年回りを考えればそろそろ元服をしていてしかるべきだったが、世間から忘れられた宮の遺児に対して、それを言い出す者はいなかったのだろう。

「そうでございますか」

ふと芽生（めば）えた憐憫（れんびん）の思いを顔に出さぬよう、さらりと荇子は言った。若君はこくりとうなずき「だから、好きに呼んでくれ」と言った。虚勢などではなく、本人も哀れみなど求めていない。

芯の強い少年だと思った。ひと目見たときから誰かを想起すると感じていたが、ここにきてようやく分かった。

今上に似ているのだ。

従兄弟という関係からか面差しもだが、なにより内包した揺るぎない芯の存在を、当人が意識せぬまま人に伝える言葉や立ち振る舞いがよく似ている。ただその芯が、帝のように冷え冷えとしていないのは幸いであったが。

「では、僭越ではございますが――」

荇子は顎に指をあてて思案をする。少し視線を彷徨わせると、すぐに彼が手にした青紫の花が目に入る。荇子は顎から指を離した。

「ならば、竜胆宮様とお呼びいたしましょう」

本人に尋ねたところ、竜胆宮は十四歳ということだった。

物の怪でもよいから父親に会いたいなど愚にもつかぬことを言うのだから、よほど幼稚か、あるいは追い詰められているかと予想していたが、いささかちがっていた。年のわりにはしっかりして、そして境遇からは想像できないほど気丈な少年だった。

しかも「あれは、土いじりに慣れた手ですよ」と卓子が断言した。北の対から東の対に戻る途中、北の渡殿に入るやいなや待ちかねていたようにである。

菜々女に頼んで、食事を北の対に運ばせた。献立は荇子達がいただいたものと同じだったが、食べ盛りの少年を気遣ってか姫飯の量が三割増しくらいあった。それをぺろりと食べてしまったのだから、十代の少年の食欲は驚くべきものがある。ちなみに竜胆宮と相年の卓子はしっかりお代わりをしていた。

食事の間、荇子と卓子は陪膳役として付き添った。しかし食事が終わるやいなや、身の回りのことはできるからと言われて追い返されてしまった。確かによく知らぬ相手が間近にいることは気づまりだろうが、帝から世話を仰せつかった身としてはためらう。

悩みつつ戻っていたところで、先ほどの卓子の発言である。

近しいことは荇子も思っていたので、それ自体は驚かなかった。泥汚れは直前で竜胆を摘んだゆえかもしれないが、手が大きくて荒れていた。

「土仕事までは分からないけれど、身の回りのことをすべて従者がやってくれるような生活じゃなさそうね」

それに喋り方も身体の動きも、てきぱきしていた。日頃から自分で後先を考えていないと、あんなふうには動けない。

ちなみに竜胆宮は、従者を一人も連れてきていない。征礼によれば、北山の邸には下男下女が一人ずつついるだけで、その彼等もなかなかの高齢でとうてい洛中まで付き添える状態ではなかったのだという。その状況では身の回りのことを、自分でせざるを得なかったのかもしれない。

「絶対に土仕事もしています。爪の間に泥が入っていました」

「それは竜胆の花を摘んだからではないの？」

「いえ。一回の土仕事では、あんなふうに爪にまで泥は入り込みません。あれは何度も土いじりをしている人の指ですよ」

断言する卓子に、そんな細かいところまで見ていたのかと感心した。苻子が気づいたのは手と水干の泥だけだった。言われてみれば大和で過ごしていた子供の頃、泥遊びを繰り返して爪が黒くなった記憶がある。

「竜胆宮様は、泥遊びをするような年でもないけど……」

「手ずから山菜や木の実を採ったり、野菜を作っているのかもしれませんよ」

なるほど。身分を考えれば痛ましいが、背に腹は替えられない。ひょっとしてその習慣もあって竜胆も摘んだのだろうか？　竜胆は食用ではないが、薬用としては使える。ちなみに青紫の美しい花は、せっかくだから北の対の昼御座（ひるのおまし）に飾っておいた。

「だとしても、声高に指摘するものではないわ」

苻子の注意も心得たもので、卓子は素直にうなずいた。

北渡殿から簀子に上がったところで、外を歩いている菜々女を見つけた。北庭はいわゆる裏庭となり、下の屋と呼ばれる雑舎や倉、厨等がある。小さな畑を設けている邸も少なくない。

苻子が声をあげて呼び止めると、菜々女は足を止めて振り返った。手には折敷を抱えている。竜胆宮が食べ終えた食器を引いてきたのだろう。

「ちょっといい？」

簀子の端まで行って苻子が呼び寄せると、菜々女は素直に高欄の下まで来た。卓子には先に戻るように言った。

苻子は簀子に膝をつき、声をひそめた。

「庭で不審な物音を聞いた雑仕女というのは、あなたのこと？」

菜々女は顔を強張らせた。

「は、はい。私です」

「近頃はどう？　まだ聞こえる？」

「数日前に一度ございましたが、それ以降はぱたりと聞かなくなりました。若君からの文を主上がお受け取りになり、法要を催すことが決まったので、北山の宮様の無念も晴れたのやもしれません」

「——ということは、法要が決まってから落ちついたのね」

「さようでございます」

「僕は、なにも物音を聞いていないと聞いたけれど」

「隅麻呂のことでございますか？　あの者は若うございますから、夜はぐっすりで雷が鳴っていても起きやしませんよ。もう一人の僕は老爺ですから、耳が遠くて」

　確かに。荇子も隅麻呂に近い年齢だから、一度寝入ったら簡単には起きない。もちろん揺り起こされたりすれば起きるけれど。

「それで隅麻呂をたたき起こして、見に行かせました」

　気の毒な話である。

「でも彼が外を見に行っても、なにもなかったのよね」

「ですから、かえって気味が悪かったのでございます」

　まあ、確かにそうだ。しかし押し込み強盗などと鉢合わせたら、気味が悪いではなく命が危ない。それに比べたら、物の怪のほうがなんぼかましな気もする。

　ただここ数日はなにも起きていないし、法要が決まったことで物の怪も満足した。そう菜々女は考えて、いまは落ちついているようだった。

　しかし帝は納得していないし、その意を受けたゆえに荇子も調べざるを得なくなってしまった。

——そのために、苓子はここに寄越された。

誰もいない庭でなぜ物音がしたのか、そしてなにゆえに理由(わけ)もなく草花が枯れてゆくのかを、物の怪のせいとして思考停止をすることを帝は許さない。

菜々女を解放してから、苓子は肩を落とした。

めんどうくさい。というのが正直な感想である。これは禄(ろく)でも上げてもらわねば、やっていられない。しかし苓子の家柄では、どうしたっていまの従五位(じゅごい)・掌侍(ないしのじょう)が精一杯だ。出世をしたらしたでめんどうくさそうだからそんなことは望まぬが、労働に見合った対価だけは欲しい。都に家屋敷を持たぬ身としては、老後の貯(たくわ)えはいくらあっても過分はないのだ。

さりとて、そういうことをあまり露骨に口にするのもさもしい。それになんとなくだけど、あの帝はきちんと働いていれば、わりと即物的な形で応えてくれそうな気がする。いまはそれを期待するしかない。

「よし」

自らを叱咤(しった)するように声を出すと、苓子は表着(うわぎ)の裾(すそ)をひるがえして局(つぼね)に戻った。

はじめて四条邸で過ごした夜は、何事もなく明けた。

朝になって、手早く身支度を済ませる。正装の唐衣裳ではなく、褻の衣装の重ね袿の許可をもらっているので、緑衫の袿に朱紱の単をあわせて北の対にむかう。

「おはようございます」

簀子から声をかけると、一枚格子がガタンと音をたてて動き、その隙間から竜胆宮が顔を出した。

「おはよう」

極めて平淡な口調は、愛想よくも悪くもない。

「格子を上げねばなりませんね。いまから致します」

「かまわない。むこうの格子はもう上げているから、ここを上げれば終わりだ」

つまり自分で済ませたというわけだ。見ると身支度もすでに済ませている。角髪とちがって垂髪は手がかからない。皇族というより使部（下級役人）のような機敏さである。こうなると荇子もすることがなくて困る。

「それでは、お食事をお持ちいたしましょうか？」

「うん」

食事と聞いて、声に少し活気が出た。食欲旺盛な年頃だ。

いちど渡殿に出ると、籠盛りの野菜を抱えた端女がいたので食事の依頼をする。

「東の対には、お持ちしますか？」

「私は宮様の陪膳を務めるので、そのあとでいただくわ。乙橘には、ちょくせつ訊いてもらっていいかしら」

竜胆宮と同じ年の卓子に、空腹をがまんさせるのはかわいそうだった。

端女と別れたあと、荇子は北の対に戻る。妻戸から中に入ると、竜胆宮が花器の竜胆を活けなおしていた。昨日、荇子が活けたものだった。

きょとんとする荇子を見て、竜胆宮は言った。

「水を入れ換えてきたのだ」

「そのようなことは、私どもが致しますのに」

「気にせずに。顔を洗ったついでだ」

角盥の水を使ったのかと思ったが、裏の井戸で顔を洗ってきたのだという。なんとまあ活動的なと感心しつつも、気がかりはある。

「仏具は前日に運びこむ次第になっております。あまり早くに貴重品を納めても、物盗りを誘発しかねませぬので」

法要にかんしてそれとなく水をむけると、はじめ竜胆宮は怪訝な顔をした。だがすぐに

「ああ」と相槌をうつ。

「このように早急に動いていただいて、主上にはまことに感謝している。法要が終わったら礼の文を認めるので、お渡しいただきたい」

「もちろんでございます」

そんなことを話している間に、食事が届いた。

白粥に魚の干物。香物として茄子の粕漬と青菜の塩漬けがつく。華奢な外見からは想像もつかないほど、竜胆宮はもりもりと食している。その様子を眺めているうちに荇子も空腹を覚えてきたが、ここは我慢である。

粥の残りが少なくなってきたのでお代わりを尋ねると、竜胆宮は即答でうなずいた。昨日の食欲からある程度は予測していたので、実はもうひとつ椀を用意していた。一杯目をあっという間にたいらげてしまったので、二杯目もまだ温かい。

「食事が終わったら、庭なりと散策してみようと思う」

とつぜんの申し出に、荇子は竜胆宮を見た。視線が重なるやいなや、少年は驚いたように目をそらした。

その反応に気づかぬふりをし、荇子は言った。

「散歩にはよろしい日和と存じますが、昨日も御覧になっていたのでは？」

男子(おのこ)であれば、毎日外に出てもおかしくはない。女子(おなご)でもたまには散歩をしたいと思うが、いかんせん服装が適応していない。内蔵寮(くらりょう)に行ったときもそうだが、外歩きの為の身繕(みづくろ)いをするだけでも、女子は大事なのだ。

「同じ場所を回るだけでは、飽きませぬか？」

「――父上に会えるかもしれぬではないか」

苻子は押し黙った。

主（帝）とよく似たたたずまいの、けれどそれよりもずっとたよりない印象の、少年の様子をじっとうかがう。

「浅はかなことを申しました」

苻子が言うと、竜胆宮は肩の力を抜いた。あからさまにほっとしていた。

その様子を盗み見ながら、苻子は言う。

「ならば私共は東の対に控えておりますので、なにかございましたらお申しつけくださいませ」

その日の午後は、法要の斎場となる寝殿の設(しつら)えを整えた。

この邸に仕えている者は、菜々女と隈麻呂の他は、老僕が一人と端女が二人。そのうち一人は食事の膳を申しつけた者である。家主（帝）がここに戻る可能性はほぼないが、さりとて荒廃させるわけにもいかない。一町の邸の手入れにはある程度の人手が必要だし、特に老僕などはもはや行く場所もないだろう。

端女達に床や柱を磨かせ、隅麻呂と老僕には襖障子の取り外しを命じた。寝殿をひとつの広い空間として使うためである。

荇子と卓子は奥向きで、菜々女とともに斎のための食器の確認をした。当日は調理のために人が寄越されることになっているが、こちらは事前に準備をしておかなければならない。

「どれくらいの方が参座なさるのでしょうか？」

不安げに菜々女は尋ねた。帝が不遇の時代を過ごしたこの四条邸は、華やぎとはおよそ縁のない場所だった。それゆえ来客用の食器など、数が備わっているはずがない。

「私も想像がつかないのよ」

世間から忘れ去られた宮の、二年遅れの三年忌。縁と義理がある南院家の者はせめて参加すべきだと思うが、彼等も人のことをかまえる状況ではないのだろう。なにしろ姉である先の中宮の廃后を防げなかったぐらいなのだから。

先の中宮に兄弟は幾人かいるのだが、いずれも歳若でしかも庶出の者ばかりだから、まんまと北院家に権勢を奪われてしまったのだ。

「ただ主上が主導なされる儀式だから、そこそこの人数は来ると思うけどなあ……」

「じゃあ、どこからか借りてきたほうがいいんじゃないですか？」

卓子の意見に荇子は少し考えてから「征礼に相談するわ」と言った。彼は今日も来ると言っていた。ただ仕事が終わってからだから、夕刻を過ぎるかもしれない。

「どれくらいの人が参座するか、治部少輔に尋ねてもらうから」

「じゃあ、ここの在庫のぶんだけ磨いてしまいましょう」

そう言って卓子は、麻布を水桶につけた。折敷類は箱に片づけていたが、しばらく使っていなかったのでやはり埃っぽくなっている。荇子達三人は、硬く絞った布で折敷を黙々と拭きはじめた。

その作業をしばらくつづけ、やがて菜々女がしみじみと言った。

「まさか宮様がご即位なさる日がくるとは、夢にも思っておりませんでした」

この場合の宮とは、北山の宮ではなく今上のことだ。菜々女の年回りを考えれば、帝がこの邸で妻子と過ごしていたときを目の当たりにしているのだろう。室町御息所との結婚から数年あと、帝は妻を自分のこの邸に呼び寄せて共に暮らすようになった。傍目にも羨むほど仲睦まじい夫婦だったというが、荇子にはその図が想像できない。娘である女一の宮への鍾愛ぶりは記憶しているが。

「まこと、御息所様がご存命であらせられたのなら――」

無念をにじませる菜々女に、荇子は複雑な感情を抱く。

夭折は悲運に違いないが、一参議の娘に過ぎなかった彼女が宮中に入ってもなかなか難しい立場に立たされたことは目に見えているし、帝も彼女の立場を守るために苦慮しただろう。もしも妻子が存命であったのなら、帝は帝位に即くことなど望んでいなかったのかもしれない。

(断ろうと思って、断れるものではないだろうけど……)

十二歳年少の異母弟の東宮となったとき、周りはもちろん帝本人も彼に即位の目があるとは考えていなかった。若い帝はすぐに皇子をもうけると思っていたからだ。だったら不本意のまま退いた北山の宮に再登壇いただくというのも、ある意味で誠意だったのかもしれない。荇子がその立場であれば、馬鹿にするなと憤るけれど。

西の空に暮靄がただよいはじめる頃、征礼がやってきた。参内のあと直接寄ったと見えて緋色の位袍を着ている。一息ついて東の対に戻っていた荇子達に、彼は寝殿の様子を見てきたと伝えた。

「だいぶん片付いていたな。あれならすぐに仏具を運び込めるよ」

「力仕事は隅麻呂がずいぶんと頑張ってくれたのよ。もう一人が年寄りだからね」

「それはしかたがないなあ。俺からも礼を言っておくよ」

老僕もそれなりに達者だったが、やはり二十代の青年にはかなわない。

征礼はぐるりと辺りを見回した。

「若君は?」

「竜胆宮様なら、北の対にお戻りのはずよ」

誰? という顔をする征礼に、荇子は名づけの経緯を話した。

あのあと竜胆宮は、半日庭をうろついていたらしい。その様子を見かけた端女の話によると、草花をじっと見つめ、空を仰ぎ、ときには土をいじるなどを繰り返し、なかなか不審な様子であったという。

「──それは、いささか深刻かもな」

征礼は顔をしかめた。

竜胆宮の奇行を目の当たりにした端女に、父親の御霊を探しているのだと教えると、ひどくおびえた顔をした。ちなみにこの端女も、夜の物音にかんしては菜々女と同じことを言っていた。もう一人の端女は熟睡していたので分からない。老僕は眠りは浅いが、耳が遠いので気付かなかったと言っている。

「ただ――」

征礼は切り出した。

「二人が聞いているのなら、本当に物音はしていたのかもな」

荇子は硬い表情のまま、ちいさくうなずく。二人の証言が重なったのなら、音源は本当に存在したのかもしれない。

しかし隅麻呂は、なにも見えなかったと言っている。

人が動揺と恐怖心で、取るに足らぬものを怪異と見間違える話はよく聞く。しかし逆はあまり聞かない。確かに度胸が良すぎて油断をして、危険を見落とすことはある。しかし隅麻呂は危険を調べに外に行ったのだ。そこで見落とすこともない気がする。

そもそも物の怪におびえる二人の女より、堂々と外に見に行くほどに度胸のある隅麻呂の証言のほうが証人として頼りになるはずだ。

――だとしたら、なぜ？

菜々女達が聞いた物音はなんだったのか？　なぜ隅麻呂は、なにも見なかったのか。

そこを明らかにせねば、さすがに動けない。

荇子は屋根裏を仰いだ。均等に並んだ太い梁が、暗い影となって浮き上がっている。釣瓶落としとも呼ばれる秋の日は、もうずいぶんと落ちてしまって室内は薄暗くなりつつあった。

早めに火を入れにきた菜々女が、征礼に尋ねた。

「藤侍従様、なにか召しあがっていかれますか？」

慣れた物言いは、彼がかつてここに入り浸っていたことを示していた。

「それは、ありがたい。家を出てからなにも食べていないので、実は空腹だったんだ」

「では、すぐにお持ちしますね」

いったん菜々女が出ていったあとも、大殿油の明かりの傍でじっと考え込む荇子を、征礼は一瞥する。

「どうした？」

荇子は返事をせずに、目配せで返す。そうして奥の卓子の局に歩み寄った。いつもの卓子ならこちらが呼ぶ前に押し入ってきていたのに、今日に限っては自分の局に引っ込んでいた。きっと弁内侍と伊勢命婦が、くだらない入れ知恵をしたのだろう。本当にあの二人は、御所に戻ったらしめあげてやりたい。

紫縁の畳の上でうつ伏せに寝転がっていた卓子に、荇子は竜胆宮の様子を見てくるように言った。

「なにかご用がないか、お尋ねしてきてちょうだい」

卓子は手をついて起き上がり、すぐに局を出ていった。

荇子は自分の局に戻り、待ち構える征礼の前で片膝をついた。そうして上半身を倒すようにして顔をよせる。

「草花が枯れた理由は、おそらく竜胆宮様だと思うわ」

単刀直入（たんとうちょくにゅう）に述べた荇子に、征礼はさして驚かなかった。ひとつふたつ相槌（あいづち）をうつようなうなずきを繰りかえしてから言った。

「さすがだな。主上の意向に気づいていたわけか」

「普通に考えれば分かるでしょう。父親の亡霊に会いたいから、そこで法要をしてくれなんて理由を、誰が信じるのよ」

「治部少輔は信じていたぞ」

征礼の指摘を荇子は鼻で笑う。治部少輔がお人よしなのか、あるいは竜胆宮がよほど猫をかぶっていたのか。おそらく、どちらも半分ずつといったところだろう。ゆえに荇子もその話を聞いたときは、もしかして親を亡くした子供が本当にそう願っているのかもしれないとも思った。

けれど、この邸で竜胆宮に接して確信した。

あの少年は、そんな非現実的なことには頼らない。御霊でも良いから父親に会いたいというほどに心が弱った人間が、あんなにもりもりと健康的に物（飲食物のこと）を食べるものか。

しかも苻子が仏具の納入日について話を持ち掛けたとき、すぐに応えなかった。法要そのものを失念していたような反応だった。阿闍梨を介してまで、自ら催しを持ち掛けたというのに。

「治部少輔は信じたかもしれないけど、あの主上がそんな与太な理由を鵜呑みにするはずがないでしょ」

「だな」

征礼は苦笑いをした。

――はじめて訪ねる他人の邸は勝手が分からぬであろう。

そう言って苻子に世話を命じた段階で、帝は四条邸の怪異への、竜胆宮の関与を疑っていたのだ。だからそこで法要を行いたいという突飛な願いを、あっさりと承諾した。四条邸で竜胆宮を泳がせて、動かぬ証拠を摑むために。

そのために苻子を、ここに寄越したのだ。

めんどうくさい。しかし誉れでもあるという、不思議な感覚だ。

　ここに来てからの竜胆宮の行動を鑑(かんが)みるに、草花が枯れた理由はむやみに土を掘り返したことに起因していると思う。あるいはなにか怪しげなものを撒(ま)いたのかもしれぬが、庭師の調査ではそれは分からなかった。

「そうなると、竜胆宮は少し前からこの邸に入りこんでいたことになるな。もっとも本人かどうかは分からないけど」

「本人が入りこんでいたのよ。でなきゃ、あんなにこの邸の勝手を知っているはずがないもの。だいたいはじめて訪れた場所での気分転換の散歩に、いきなり北渡殿(きたわたどの)のむこうの籬(まがき)に行くわけがないでしょ。井戸の場所も知っていたみたいだしね」

　井戸は、厨(くりや)や雑舎(ぞうしゃ)のある北側にあった。しかし車で連れてこられた竜胆宮は、荇子達と同じ東の正門から入ったはずだ。車寄(くるまよ)せがそこにあるのだから。

「ただそうなると、隈麻呂がなにも見なかったという理由が分からないのよ」

　荇子の疑問に征礼は口元に拳をあて、気難しい顔で考えこんだ。

　庭で物音がして、草花が枯れるという明らかな異変が生じたにもかかわらず、実行した者の姿は文字通り見えなかった。

　困った。一連の不審に、おそらく竜胆宮はかかわっている。けれど相手は十四歳の少年で、顧(かえり)みられない立場といえ先の東宮の遺児である。証拠もなしに問い詰めることはできなかった。

征礼は口から手を離した。

「隈麻呂にもう一度確認して――」

言いかけて征礼は言葉を止めた。荇子は彼の視線を追い、御簾(みす)のむこうに浮かぶ人影に気づく。

「誰だ⁉」

征礼は誰何(すいか)した。彼にしては珍しい、厳しい声音(こわね)だった。

人影はびくっと揺れたあと、おずおずと「お食事をお持ちしました」と言った。菜々女だった。強張(こわば)っていた身体(からだ)の力がたちまち抜ける。

「ああ、悪かった。中に入ってくれ」

気まずげに征礼が言うと、折敷(おしき)を抱えて菜々女が母屋(もや)に入ってきた。手がふさがっているので、身体で御簾を押し分けた。行儀(ぎょうぎ)は悪いが、こっちもそれを非礼と咎(とが)めるほどの身分ではない。

折敷の上には、少し前に荇子と卓子も食べたものと同じ献立(こんだて)が並んでいた。姫飯に、主菜は雉(きじ)の干し肉。副菜は里芋(さといも)の煮物と、青菜と茄子(なす)の羹(あつもの)。ここの煮物は大豆の煎汁(いろり)が加えられているので、非常に味が良い。

「そういえば確認しなかったのですが、こちらにお運びして良かったのですね」

いまさら菜々女が確認をしてきたのだが、確かにどういう関係だと訝しく思われているのかもしれない。

「かまいません。給仕は私がしますから」

荇子が言うと、なぜか征礼がほっとした顔をした。

変な心地ではあるが、まあ、よかろう。

では、と言って退散しようとした菜々女を、荇子は呼び止めた。

「ちょっと頼みたいことがあるので、隅麻呂を呼んでくれる」

「隅麻呂ですか？　確か北の対に行っているはずです」

征礼が椀を持ったまま、顔を固くした。荇子はぐいと、身を乗り出す。

「なぜ？」

「いえ……、格子の建付けが悪いと、若君が仰せでございましたので。暗くなる前に直してしまおうと四半刻程前に」

荇子の剣幕に菜々女は気圧されている。なぜ興奮しているのか、さっぱり意味が分からないだろう。竜胆宮の要求も、隅麻呂の行動にもまったく不審な点はない。

戸惑い顔の菜々女の背後、御簾の先には宵闇のぎりぎりの明るさが広がっている。

ひんやりとした秋の夜気を震わせる悲鳴が、どこからか響いてきた。

「すみません。足を踏み外してしまって」

簀子縁に足を投げ出して座った隅麻呂は、申し訳なさそうに頭をかいた。

「よかったあ。ものすごい勢いで転がり落ちたから、死んだかと思っちゃった」

卓子が言った。容赦なく不吉な言葉を口にするものだが、紙燭に照らされた彼女の顔を見れば、心から安堵をしていることは誰の目にもあきらかだった。

隅麻呂を囲んで、簀子には征礼と菜々女。下長押を挟んだ先に、荇子と卓子、そして竜胆宮がいる。ここに来た時の明かりは菜々女が持つ紙燭のみで、軒端に下がる釣り灯籠はまだ出されていなかった。それでひとまず廂の大殿油に火を灯したので、少し周りも明るくなった。

荇子に言われて卓子が北の対に来たとき、隅麻呂は格子を直している最中だった。竜胆宮はそれを間近で見守っていた。北山の家もいくつか建具ががたついており、けれど修繕の勝手が分からず成す術もなく放置していたから、これを機に手順を覚えたいということだった。

ほどなくして修理が終わり、隅麻呂は簀子を降りるために沓脱のところまで行った。卓子と竜胆宮はそれを見送るために後を追ったのだが、隅麻呂は大きく足を踏み外して簀子から転げ落ちた。上り下りをするための沓脱の箇所は、階と同様にとうぜんながら高欄がない。そうして、先ほどの卓子の悲鳴につながるわけである。

不幸中の幸いで、隅麻呂に大きな怪我はなかった。そろそろと立ち上がってみたが、ひどく痛みを訴える気配もない。ただ落ちるときに簀子の端でこすったとかで、ふくらはぎから踝にかけて斜めの擦過傷ができていた。

「これぐらいで済んでよかったですよ」

申し訳なさそうに隅麻呂が言う。思いのほか人が集まって、かえって恐縮しているようだった。

「隅麻呂、すまない。私の頼みでこんなことになって」

竜胆宮が頭を下げる。

「いえ、いえ。俺が不注意だったんですよ」

「今日はもう、戻って休め」

征礼が言った。しかたがない。今日の追及は諦めねばなるまい。竜胆宮より隅麻呂のほうが、身分的に問い詰めやすかったのだが。

「では、お言葉に甘えて」

隅麻呂は膝立ちになり、片手で高欄をつかんだ。その動きにおかしなところはない。彼は目を眇(すが)め、反対側の手で指をさす。

「沓脱はこっちですよね」

「？」

「うん。さっき落ちたばかりだから気をつけて」

卓子が言うと、隅麻呂はへへっと頭をかく。そうして彼は高欄を伝いながら、膝行(いざ)って進む。立ち上がらない。

「おい、やっぱりどこか痛いのか？」

心配そうに征礼が尋ねるが、隅麻呂はあっけらかんとして返す。

「いえ、暗いから見えづらいでしょう」

征礼の顔が硬くなったのが、廂から差す大殿油の光ではっきりと分かった。

大殿油のおかげで、あたりはそれほど暗くない。下旬(げじゅん)なので月はまだ出ていないが、星は輝いている。少なくとも手探りで歩かなければならぬ状況ではない。

「お前、ここが見えにくいのか？」

「夜って、そんなものじゃないですか？」

逆に不思議そうに言われて、荇子は絶句する。

「ちょっと、あんた鳥目の気があるんじゃないの？」

菜々女が言った。鳥目とは、暗いところで物が見えにくくなる症状をいう。病状には個人差がある。

「え、でも昔っからですよ」

存外だとばかりに隅麻呂は反論する。なるほど。まったく見えないわけではなく、生まれつきその状態で、どうやら進行もしていないようだ。ゆえに無自覚だったのだろう。でなければ夜の捜索に出向いたりしない。

しかも油が使い放題の貴族とちがい、庶民(しょみん)は日が落ちてしまえば基本的に活動をしなくなる。当時は中継ぎとされていた東宮の邸の夜は、華やかな催(もよお)しもなく静かなものであったのだろうから、夜目が利(き)きにくくとも、さほどの不自由はなかったのだろう。

「危ないわね。これを持っていきなさいよ」

紙燭を渡そうとした菜々女に、征礼は「一緒に戻ってやれ」と言った。そのまま下がっても構わないとも言った。もともと彼女は下がるつもりでいたのに、この騒動でここまで連れてこられたのだ。

二人の姿が暗闇に溶け込んだところで、荇子は征礼と目配せをしあう。そして卓子に視線を移した。

「あなたも戻りなさい。今宵は私が付き添いをいたします」

卓子は怪訝な顔をした。やけに丁寧な物言いもだが、この邸に入ってから三日間。荇子達は北の対で夜を過ごしたことがなかったからだ。

主人が母屋で過ごす場合、なにか起きたときにすぐに対応できるよう、当番の女房も同じ殿舎の局で過ごすのが一般的だ。しかし竜胆宮は強固に遠慮し、荇子も彼を泳がせるためにその希望を受け入れたのだ。

「えっと……」

「遠慮をしないで」

一言ごとに区切るよう、ゆっくりと告げると、もはや卓子はなにも言わなかった。日頃は天衣無縫を通り越して奔放なふるまいが目立つこの少女だが、こういうときの空気を読むうまさには天性のものがある。

卓子は簀子までいざり出て、そこで立ち上がってから去っていった。

荇子がむきなおると、竜胆宮は警戒するような顔をしている。それをいったん素通りして、荇子は征礼にむかって言った。

「これで、庭に誰もいなかったという理由が分かったわね」

庭の草花が枯れはじめる少し前から、菜々女と端女が耳にしたという庭の物音。けれど音の正体はつかめなかった。様子を見にいった隅麻呂が、なにも見つけられなかったからだ。しかたがない。彼は夜目が極端に利かなかったので、侵入者を見落としてしまっていたのだ。

「ああ。はっきりしたな」

「なんのことだ？」

竜胆宮が言った。声がわずかに震えていた。語るに落ちている。荇子達はまだなにひとつとて、この少年に問うていないのに。

しかし問題はこのあとだ。どうやって竜胆宮を追及したらよい？　庭に誰かがいた可能性は証明できたが、それを竜胆宮の行為とつなげるには証拠が足りない。庭を荒らして草花を枯れさせたでしょう、と単刀直入に言えるだけのものがなにひとつない。

いっぽうで、なんとなくだが動機は分かる。

北山の宮の気持ちを慮った阿闍梨に対し、帝は自分ではなく父親と先帝を恨むのが筋だと言った。そして文句は、彼岸で先の関白を左大臣に言えとも言った。まことにその通りだが、生きている竜胆宮は彼岸に住む者達に文句を言うことはできない。

父親の不遇。その立場に伴う自身の不遇。そんな恨みつらみの感情を、生きている帝に対して抱いても不思議ではない。同じく不遇の身にあったにもかかわらず、いっぽうは帝となったのだから。あるいはこの騒ぎを利用して、せめて、未だなされないままの父親の三年忌を行おうとしたのかもしれない。

どうしたものか。苻子は意見を求めるように征礼を見た。

征礼は無言だった。考えを整理しているのか、それともなにかを思いだそうとしているのかは分からない。やがて眦を決したように切り出した。

「この邸の庭は、すべて造り変えるべきかと思う」

予想外の提案に苻子は目を瞬かせる。

「こんな不吉な庭をそのままにはしておけない。土をすべて入れ換えて、前栽もすべて植え替えるべきだ」

おそろしく手間のかかることを、平然と征礼は言った。

苻子は混乱した。なにを言っているのだ。問題は庭ではない。怪異ではなく何者かの手によって前栽が荒らされている。その証拠を摑むことが目的なのに、庭全体を直すことになんの意味があるというのだ。

「なにを――」

文句を言おうとして、苻子は言葉を呑みこんだ。竜胆宮が征礼を凝視していた。杏仁型の目は瞬きすらみせない。うっすらと開いた唇がぶるりと震えた。

征礼が尋ねた。

「宮様、いかが思し召しでしょうか」

「必要ない」

竜胆宮は声を上擦らせた。

荇子はぎくりとする。征礼は恬淡として、この少年を見つめていた。

「そんなことをする必要はない。この邸の庭を荒らしたのは、父の物の怪ではなく私だからだ」

これまでずっと御霊と呼んでいた父親の霊を、物の怪と称したのが印象的だった。そこには「亡霊でもよいから父に会いたい」と訴えた、不安げな少年の姿はなかった。

夏頃から頻繁に邸に入りこみ、騒動を起こして怪異と見せかけた。夜更けに物音を立てるだけでも良かったが、前栽に異変があればさらに人々はおびえるだろうと考え、土や植物を掘り返したのだという。

北山からは騎馬で来たと言った。隅麻呂の目のことはまったく知らなかったが、自分は比較的夜目が利く方で、月夜であればなんなく庭を回ることができたのだという。

そんな行為に至った動機は、おおよそ荇子が予測した通りであった。

南院家の嫡流も、先帝も先々帝亡きいま、父親の無念は今上にぶつけるしかなかったのだという。

「筋違いも甚だしいことは分かっていた」

がっくりと竜胆宮は項垂れた。華奢な白い首が、暗い中にさえざえと浮かび上がっているのがなんとも痛ましい。

「けれど私の力では、父上の三年忌を行うことができなかった。このまま父上の魂が中有を彷徨いつづけるとしたら、あまりにも不憫でなんとかして供養を行いたかった」

それは確かに子として心が痛むだろう。寿命など人の力ではどうにもならないが、先の関白も左大臣も、彼岸で思いっきり批難をされていて欲しい。などと北山の宮と竜胆宮に同情しながら、荇子はふと思いついた矛盾を指摘する。

「でしたら、なぜこの邸に来てまで庭を荒らしておられたのです」

竜胆宮はぎくりと、身を固くした。

荒らしていたという言葉はふさわしくないかもしれない。しかしこの邸に来てからも、竜胆宮は不自然に庭をうろついていた。三年忌が催されることが決まったのなら、これ以上怪異を演出する必要はない。そもそも亡霊でも良いから父親に会いたいという動機が自作自演である。

そこに考えが至ってから、荇子は竜胆宮を静かににらんだ。

ちがう。この少年は、なにか目的があってこの邸に入りたかったのだ。

だから征礼に連れられてきた当日、気分が悪いからと人を遠ざけて、邸内をうろついていた。そのあとも、なにかれと理由をつけて荇子達を遠ざけた。

つと奥の棚に目をむける。花器に活けた竜胆の花が、まだ美しく咲いていた。はじめて会った日に、竜胆宮が摘んできた花だった。竜胆は比較的日持ちがする。あのときは庭を荒らしているのかと思ったが、三年忌が決まった今、その必要性がこの少年にはない。

では、なんのために庭を掘り返していたのか。

荇子は竜胆宮の気持ちを探るように、じっと彼を見つめる。

「なにか、探しておられたのですか？」

だとしたら、法要が決まって以降に物音がしなくなった理由も分かる。邸に滞在できるのなら、明るい昼間に探せばよい。わざわざ暗い夜に忍びこむ必要はない。

荇子のその問いに、とつぜん征礼が立ち上がった。怪訝な顔をする荇子に、彼は「すぐ戻る」と言って、いったん簀子に出た。次に戻ってきたとき、古びた蓋付きの木箱を抱えてきた。大きさは小物を入れる手箱くらいだろうか。油脂を塗っただけで、漆の塗装はない。柾目がはっきりと見える粗末なものだ。

「なに、それは？」

荇子は尋ねた。竜胆宮も覚えがないと見えて、不審と不安を入り交えた顔をしている。

「先に言っておく。他言はするなよ」

いつもより少し偉そうに征礼が言ったので、荇子は少しいらっとした。ひょっとしてまたなにか秘密を抱えさせるつもりなのか。ほんとうに不本意である。

むすっとする荇子を一瞥し、征礼は蓋に手をかける。

薄汚れた麻布の包みを解いた奥に在ったものに、荇子は息を詰める。

木製の人形は、釘で頭を打ち抜かれていた。

呪物である。

「……これは？」

そう言ったっきり言葉が出ない。飲み込む唾液もないほど、口腔がからからに乾いている。なぜなら人形に記された、経年によりもはや読み取ることがやっとな文字が、今上の実名であることに気づいてしまったからだ。

「この邸の庭に、埋められていた」

「⁉」

「宮様がお探しになられていたものは、これでございましょう」

征礼の口調は、問いかけではなくもはや確認だった。

竜胆宮は見るも哀れなほどに、青ざめている。肯定しているようなものだ。

荇子は袖口で鼻と口をおおった。呪物から放たれる禍々しい空気で、身も心も穢される気がした。

「こんな不吉なものを……」

「心配するな。見つかったときに呪力は封じている。しかも何年も前のもので、いまも主上は無事なのだから、厭魅（呪い）の効果はすでにないということだ」

そうは言われても、こんなものは目にするのも嫌だ。荇子は眉をよせ、呪物から視線をそらした。だいたいいくら封じたからといって、なぜこんなものを後生大事に取っておくのか。自身を呪った呪物など、一刻も早く捨ててしまいたいものだろうに。

「これを発見したのは、確か五年程前であったと」

征礼が言った。なるほど。処分をしなかった理由に合点がいった。

いつかくるこの日のために、証拠を取っておいたのだ。そのときに騒がないのがいかにもあの御方らしい。長い間、不遇のときを過ごしてきた帝は根気強く、執念深い。

「竜胆宮様」

征礼の呼びかけに、少年はただ呆然とするのみだった。

「時期的に、この呪物にあなた様が関与していたとは思えませぬ。となると、呪者は御父君……北山の宮様ですね」

そうだろう。呪物の発見が五年前というのなら、呪術が行われたのは、少なくともそれより前ということだ。そのときの竜胆宮は八歳の男童である。呪詛を主導したとは考えにくい。

あんのじょう、竜胆宮はちいさくうなずく。そして重い口を開いた。

「父上が身罷られたあと、彼が怪しげな呪術者とかかわっていたと、ある者から話を聞いたのだ」

父親を彼と他人行儀に称したところに、この件への竜胆宮の怒りが伝わってくる。

様々なものに恨みをつのらせた北山の宮が、呪術に手を染めているようだ。その者は気配を察していたが、証拠もなくやんわりと咎めることしかできなかった。

しかし臨終間際になって、北山の宮は己の罪をその知己に告白した。

知己は数年悩んだあと、十四歳となった竜胆宮に父親の所業を伝えた。このまま放置しておいて、万が一発覚されたときに寝耳に水となるよりはそのほうが良いと考えた。それに、もう受け止められる年齢だと思ったそうだ。

荇子は、その知己は文を持ってきた阿闍梨であろうと思った。そして彼の名を敢(あ)えて出さない竜胆宮の態度には好感を持った。

一連の説明を終えたのち、竜胆宮は深く息を吐いた。肩から重い荷を下ろした者のようだった。

「竜胆宮様」

少しやわらかい声で征礼は呼びかけた。兄が弟に呼びかけるかのような声音(こわね)だった。

「呪詛を行った者は、御父君です。私がその旨(むね)は主上にご説明いたします。ゆえにこの件で、あなた様が厳しい咎めは受けることはありませぬのでご安心ください」

一族が罪を犯した場合、多かれ少なかれ家族に影響は出る。しかし竜胆宮は当時もいまも成人前である。元服(げんぷく)をしていてもおかしくない年だが、幸か不幸かその機会に恵まれていなかった。

境遇を考えれば、この少年に罪を問うのは酷(こく)である。もちろん他人の邸を荒し、騒動を起こしたことへの責めは負わなければならないだろうが。

(というか、どうして黙っていたのよ？)

これは帝に対しての疑問である。己を呪う呪物が見つかったというのに、内密に処理を済ませてしまった。普通なら公(おおやけ)にして呪詛を行った者を明らかにしそうなものだ。当時の自分の立場では、どうせ誰も取り合わないと思ったのか、あるいは下手(へた)に犯人を探っては面倒なことになるとでも思ったのか。いずれにしろ、しっかりと証拠を残しておくところが本当にらしすぎる。

むすっとする荇子をどう思ったのか、言い訳をするように征礼が言った。

「この呪物が誰の仕業(しわざ)なのか、俺だってここに来るまで確信は持てなかったんだ」

「別にそんなこと、訊いていないわよ」

投げやりに荇子は返した。征礼は情けない顔をした。陸奥国の目代(もくだい)の件で、隠し事をされた荇子が怒ったことを気にしているのだろうか。だとしたら小気味が良いが、今回の件を言わなかったことは、さすがにしかたがないと分かっている。

竜胆宮の不自然な要求を訝(いぶか)しみはしても、年齢を考えれば五年前に発見した呪物への関与をすぐに疑うことは難しい。多少思うところはあっただろうが、呪詛は重罪。可能性だけで迂闊(うかつ)に人への疑念を口にすることはできない。

ここまで詰めて、ある程度の確信を持てたから征礼は荇子にも告げたのだ。けして口外するなと念押しをしたうえで。また、とんでもない秘密を共有させられてしまったものである。心底うんざりする。

気まずげに荇子を一瞥したあと、征礼はふたたび竜胆宮を見る。

「ゆえに宮様も、この件を気に病まぬよう――」

「よかった」

ぽつりと竜胆宮がつぶやいた。

とうぜんの言葉だが、その反応が思った以上に大袈裟で荇子は違和感を覚えた。安堵ゆえの言葉だろうが、そこに保身の響きが感じられなかったのだ。竜胆宮の声からは、子供の歓喜のような素直な感情のみが伝わった。

荇子と征礼は、その真意を探るように竜胆宮を見つめる。竜胆宮は軽くうつむき、杏仁型の目をぎゅっと閉じた。長い睫毛に縁取られた目の縁から涙がにじみ出る。そして声をしぼりだすように言った。

「主上の身に、先帝のような禍がふりかかったらどうしようかと思っていた」


後日、北山の宮の三年忌は無事に行われた。帝の先導ということもあって、思ったよりも多くの者達が参座をしたので、色々と不遇をかこった故人の無念も晴らされるだろうと人々は噂をした。

その翌日の夜。荇子は竜胆宮を連れて御所に戻った。

清涼殿の北廂を、竜胆宮を先導しながら歩く。帝との対面が決まったことで、急遽用意した半尻は萌黄色。髪は垂髪ではなく角髪に結い直した。美しい御童姿だった。粗末な暮らしをしていたであろうに、高貴な子弟の装いがここまで様になるのは、やはり生まれがなせる業なのか。

参内の目的は、表向きは法要の開催への礼を伝えるため。

しかし真相はもちろんちがっている。だから荇子は竜胆宮を昼御座ではなく、二間に連れていかなければならなかったのだ。

妻戸越しに声をかけると、押し開いた先に征礼が立っていた。征礼は荇子の肩越しに竜胆宮の姿を一瞥すると「お入りください」と言った。荇子が道を開けると、竜胆宮は緊張した面持ちのまま奥に進んだ。荇子と征礼はそのあとに続く。

二間は夜御殿の隣に位置し、護持僧が夜居を務める部屋である。ゆえにそこには観世音菩薩が安置されている。柔らかな曲線を描く仏像が、大殿油の炎に照らされて幽玄に浮かび上がる。精緻な細工の光背が、月明かりに照らされた蜘蛛の巣のように輝く。

須弥壇を背に、僧侶の席に帝が座っていた。彼がまとう白の御引直衣を見て、今日が更衣の日であったことを荇子は思いだした。神無月の朔日は冬の更衣である。

荇子と征礼は、妻戸の前に並んで控える。

ぐいっと顎をもたげて自分を見上げる帝を、竜胆宮は気圧されたように立ち尽くして見下ろしていた。

「座らぬか」

低い声に竜胆宮は慌てて膝をつく。帝を見下ろすなど無礼千万である。恐縮で項垂れる竜胆宮の細い首をじっと見下ろし、おもむろに帝は言った。

「先帝を呪詛した証拠はあるのか?」

単刀直入すぎる問いに、竜胆宮は背中を突かれたように顔をはねあげた。少年は真意を探るように天子の顔を見つめるが、そんな離れ業ができるはずもない。何年も付き従っている征礼でさえ、ときどき分からないことがあると言っていた。

「呪物が、北山の宅に隠してありました。父が身罷ったあとに発見致しました」

今上への方法とはちがっている。呪詛の正しいやり方など知らぬが、さすがに御所の床下に埋めることはできなかったらしい。

帝は屋根裏を仰いだあと、苦笑いを浮かべた。

「そうだろうとは思っていたが、こうまで想像通りだと笑ってしまうな」

驚きも、怒りの素振りもない帝に竜胆宮は目をぱちくりさせる。初対面の人間にはさぞ奇妙に思うだろうが、この人はそういう人なのだと苻子は胸の内で訴える。

警戒しつつ竜胆宮は問う。

「父が先帝を呪詛したと、お見通しだったのですか？」

「北山の宮の立場であれば、どう考えたって私より先に先帝を呪うだろう」

確かに。北山の宮は、中継ぎ同然とはいえ東宮位を得た今上を妬み、呪詛を仕掛けた。しかし今上の東宮擁立は南院家に利用されたもので、彼を恨むことは理不尽である。

北山の宮が今上を呪うほどの鬱屈した精神状態であったのなら、自分から東宮位を奪った、恨んでとうぜんの相手である先帝を呪わぬはずがないのだ。

竜胆宮は、自身の感情を支えるようにぐっと唇を噛んだ。泣くのを堪えているような表情が痛ましい。やがて少年は声をしぼりだした。

「父宮の呪詛が果たされてしまい、先帝は崩御なされました」

それきり憔悴して、言葉を詰まらせる。

苻子は、四条邸で涙をにじませていた竜胆宮の姿を思いだした。

呪物がすでに封じられていると知ったとき、この少年は心から安堵していた。呪詛の害が帝に及ぶことを心配し、なんとかして呪物を探し出そうとしていたのだ。その行動の根底にあったものは、これ以上犠牲者を出してはならないという単純な義務感だった。父の罪の隠蔽、自己保身はそのあとの感情だった。

「戯けたことを申すな。弟の死因はえやみ（この場合はマラリア）だ」

帝は言った。あいかわらず気のない物言いだった。

自身の訴えを完全に否定され、竜胆宮はとっさに反応ができずにぽかんとする。

「あの夏は……もはや秋になりかけていたが、えやみを患った者がやたらと多かった。身罷った者も数名いた。北山の宮は、その者達も呪詛をしたのか？」

「い、いえ……」

ぎこちなく否定したあと、竜胆宮はあらためて告げる。

「父宮が呪詛を仕掛けたのは、先帝と主上に対してのみでございます」

「先帝が呪詛によって崩御したというのなら、他の者達が身罷った理由に説明がつかぬのではないか」

そう帝は指摘した。もちろん、問題は呪詛の成否ではなく有無である。ゆえに北山の宮の罪を免じることはできない。

しかし竜胆宮が心を痛めているのは、父の所業により人一人の命が奪われたのではという疑念に対してである。しかも先帝はいまの自分と同じ年の、まだ少年であった。

ならば——いまの帝の言葉は、竜胆宮の心を少しは軽くしたのではないだろうか。

竜胆宮は帝を見つめる。懲(こ)りもせず、ふたたびその真意を探ろうとしている。だいぶ無駄な努力である。

「そなたに訊きたいことがある」

帝は言った。

「私が呪詛を封じたことで、そなたの父親は呪詛返しを受けたのやもしれぬ」

「……」

呪詛は術が強ければ強いほど、失敗したときの危険が大きい。失敗したときは呪詛返しとして、禍(わざわい)が術者や願主に跳ね返ってくると言われている。実際に施術(せじゅつ)をしたことがないから、本当のところは分からないけれど。

「ゆえに、私のせいでそなたの父は身罷ったのやもしれぬぞ」

冷ややかに帝が告げた言葉に、竜胆宮は思ったよりも動揺(どうよう)を見せなかった。

彼はもはや帝の真意までを探ろうとはしていなかった。けれど自分の立ち振る舞いについては熟慮(じゅくりょ)しているようだった。

「――いいえ」

しばしの黙考のあと、竜胆宮は言った。杏仁(きょうにん)型の目がきらりと光った気がした。

「父宮も、えやみでした」

そう告げた竜胆宮の表情は、なにかを吹っ切ったようで清々しくさえあった。

呪詛返しを信じるというのは、呪詛を信じること。つまり先帝の死に、父親の呪詛がかかわっていることを認めることになる。

しかし竜胆宮は呪詛返しを否定したことで、先帝の死への、父宮の呪詛のかかわりを否定したのだ。このあと自分が少しでも負担なく生きるために。

ずいぶんとたくましい若者が現れたものだと、荇子はついほくそ笑む。見ると征礼は、呆れ半分感心半分といった表情で、二人の高貴な方々を見比べていた。

「そうか」

帝は微笑んだ。わが子の成長に目を細める、父親のように見えた。十六歳という年齢差は少し若いけれど、親子として妥当である。

竜胆宮は一礼した。大殿油の灯りがゆらりと動き、仏像の天衣の襞に刻んだ影を大きく揺らした。

そのあと竜胆宮は、征礼に連れられて二間を出ていった。四条邸まで送り届けることになっている。北山の邸の修繕が終わるまで、そこに滞在することが決まっていた。

「どうせ誰も使っていない邸だ。どのみち元服を考えてやらねばならぬゆえ、しばらくはあの少年に貸与しても良いやもしれぬ」

邸もだが、なにより元服の話に荇子は安心した。高貴な生まれにありながら、実名もないまま童形で過ごすことはなんとも哀れであった。

「それはよろしゅうございました。竜胆宮様もお喜びになりましょう」

ここで北山の宮の名を出すことは、さすがに躊躇われた。通常であれば「草場の陰で」と付け足してその名を出すところなのだが。

「……あの者であれば、任せられるだろう」

帝は独り言ちた。荇子は首を傾げた。任せられるとは、いったいなにを？　帝が委ね先を懸念することといえば——まさか⁉　荇子は目を見張った。

「四条邸を」

拍子抜けした顔の荇子に、帝は肩を揺らして笑う。

からかわれたのだろうか？　だとしてもいつものことである。気を取り直して、荇子は言った。

「主が住むようになれば、藤侍従が管理をする手間も減りますね」

「あの邸は、いずれ征礼に譲る」

　とっさには意味が分からなかった。きょとんとする荇子にかまわず、帝は一方的に語りつづける。

「竜胆宮の加冠は、三条大納言に任せよう。あの者であれば、しっかり後見してくれるだろう。そうなれば住居も結婚も、いずれは任せられる」

　元服における加冠はもっとも重んぜられる役割で、冠者（元服をする者のこと）の重要な後見役となる。三条大納言は善良なことで有名な人物で、源有任の罷申にも、見送りに参内した唯一の公卿だった。

　竜胆宮の身の回りが落ちつくまでは四条邸に住まわせ、そのあとは加冠役に任せる。そうしてふたたび主が不在となったあとは征礼に譲るのだという。

　しかし――荇子は言った。

「あの規模の御邸は、侍従では賜ることはできません」

　一町の敷地も大路に面した門も、すべて公卿以上にしか許されぬものだ。征礼は五位の少納言兼侍従である。その地位はとうてい及ばない。

「賜われるように、すればよい」

　あっさりと、しかしなんの迷いもなく帝は言った。

　荇子は息を呑む。

つまり、いずれは征礼の地位を引き上げるということなのか。しかしそんなことをすれば、公卿達からの反発はすさまじいものとなるだろう。宇多天皇の重用により公卿達から憎まれ、左遷の憂き目にあった菅公（菅原道真）のことを思いだして身震いがした。

「そのようなことになれば、上つ方々が黙っておりませぬ」

懸念を率直に伝えた荇子に、帝は即座に言い返した。

「そなたが支えてやれば大丈夫だろう」

まったく、帝も征礼も……いったいこの主従はなにを考えているのかと思った。つい最近、征礼からも「一緒に帝を支えて欲しい」と乞われたばかりだというのに。

「私になど、なにができましょうか」

「謙遜するな。実に頼りになる女子だぞ、そなたは」

からかうように帝は言った。半分は冗談のようだが、それぐらいは思ってくれていないと身を粉にして働く甲斐がない。

「夫婦になるか否かは、別にどちらでも構わぬ。しかしあの邸の権利は、そなた達に半分ずつ与えよう。二人で共に住んでも良いし、嫌なら分けろ。東西でも南北でも、どちらでもいい。好きな分け方を選べ」

帝の言い分に荇子は呆れかえった。

いったい、どこまで本気で言っているものなのか。そもそもひとつの邸を二人の戸主で分割するなど、あまり現実的な話ではない。しかし建て直しをするというのなら話は別だし、一町を二分割してしまえばもはや身分の制限はかからない。ひょっとして、そんなつもりで言ったのだろうか？

（どういうつもりなものやら……）

首を傾げつつ真意をうかがうが、やはりその腹は読めない。

しかも苻子自身も、自分がどのようにして住みたいのかは分からないから、いまはあまり追及するまいと思った。漠然とだが、気持ちはそのうち定まってくるだろうと思った。それよりも、住まいを確保できる目処がついたことが心強い。

父の死後、実家は継母達の手で売りに出された。いま苻子が帰れる場所は、大和の祖母の家くらいしかない。その境遇を考えれば、願ってもない話である。たとえ内侍の禄のままでも、身を粉にして働く甲斐もあるというものだ。

「承りました」

低く囁くと、帝は白い顔にすうっと笑みを浮かべた。

苻子は腰を浮かし、引き戸に手をかけた。重い音をたてて襖障子を開く。狭い二間に昼御座からのひんやりとした夜気が流れてきた。

※この作品はフィクションです。実在の人物・団体・事件などにはいっさい関係ありません。

集英社オレンジ文庫をお買い上げいただき、ありがとうございます。
ご意見・ご感想をお待ちしております。

● あて先
〒101-8050　東京都千代田区一ツ橋2-5-10
集英社オレンジ文庫編集部 気付
小田菜摘先生

掌侍(ないしのじょう)・大江荇子(こうこ)の宮中事件簿 参

集英社
オレンジ文庫

2022年12月25日　第1刷発行
2023年 6 月10日　第2刷発行

著　者　小田菜摘
発行者　今井孝昭
発行所　株式会社集英社
〒101-8050東京都千代田区一ツ橋2-5-10
電話【編集部】03-3230-6352
【読者係】03-3230-6080
【販売部】03-3230-6393（書店専用）
印刷所　株式会社美松堂／中央精版印刷株式会社

ISBN 978-4-08-680482-0 C0193